KB017780

글누림비서구문학전집

장편시집 니이가타(新潟)

표지 이미지 및 본문 수록 사진 출처

표지 이미지: 가타야마 아키히로(片山昭弘), 원작 출판 당시의 장정
제주도 서귀포시 강정마을 구럼비 해안 사진: 조성봉(다큐멘터리 감독)
니이가타 앞바다 및 간기 거리 사진: 후지이시 다카요(藤石貴代)
'귀국사업' 사진: 위키피디아 공유 이미지

글누림비서구문학전집 6
장편시집 니이가타 新潟

개정 증보판 1쇄 발행 2014년 11월 11일

지 은 이 김시종
옮 긴 이 곽형덕
펴 낸 이 최종숙
펴 낸 곳 글누림출판사

책임편집 이태곤
편　　집 권분옥 이소희 박선주 문선희 오정대
디 자 인 안혜진 이홍주
마 케 팅 박태훈 안현진
관　　리 구본준

주　소 서울시 서초구 반포4동 577-25 문창빌딩 2층(137-807)
전　화 02-3409-2055(대표), 2058(영업), 2060(편집)
팩　스 02-3409-2059
전자메일 nurim3888@hanmail.net
홈페이지 www.geulnurim.co.kr
등록번호 제303-2005-000038호(2005.10.5)

정　가 10,000원
ISBN 978-89-6327-261-0 04830
　　 978-89-6327-098-2(세트)

표지 디자인 · 디자인밥 출력 / 인쇄 · 성환C&P 제책 · 동신제책사 용지 · 에스에이치페이퍼

* 이 도서의 국립중앙도서관 출판시도서목록(CIP)은 서지정보유통지원시스템 홈페이지(http://seoji.nl.go.kr)와 국가자료공동목록시스템(http://www.nl.go.kr/kolisnet)에서 이용하실 수 있습니다.(CIP제어번호: CIP2014015841)

글누림비서구문학전집

개정 증보판

김시종 장편시집
니이가타 新潟

곽형덕 옮김

시인의 말

『장편시집 니이가타』 한국어판 간행에 부치는 글

『장편시집 니이가타』는 일본에서 살아가는 내게 최초의 마디[結節]가 된 시집이다. 내 첫 번째 시집 『지평선(地平線)』은 1955년 12월에 간행됐는데, 같은 해 5월 재일조선인운동도 그때까지의 민전(재일본조선민주주의통일전선)이었던 것이 조선총련(재일본조선총연합회)으로 조직체가 대체돼 갔다. 마치 중앙본부 내의 궁정극(宮廷劇)처럼 어느 날 갑자기 시행된 노선 전환이었다.

당시 나는 폐첨(肺尖)이 두 번째로 도진데다 장결핵(腸結核)까지 앓고 있어서, 이카이노(猪飼野)에 있는 작은 진료소에 앓아누워 있었다. 요양에 3년을 들이고서야 어떻게든 몸을 추슬러서 1956년 9월에 퇴원했다. 그런데, 조선민주주의인민공화국의 직접적인 지도하에 들어갔다고 하는 조선총련의 조직적 위엄은 조국 북조선의 국가위신을 우산으로 삼아 주변을 추방할 태세로 높아져만 갔다. '민족적주체성'이라는 것이 갑작스럽게 강조되기 시작하더니, 신격화 된 김일성주석의 '유일사상체계'의 기반을 다지기 위해 '주체성확립'이 행동원리처럼 쓰이기 시작했다. 북조선에서 쓰이던 조직구조나 일상의 활동양식까지 이곳 일본에서 표본 그대로 시행되길 요구했던 것이다. 민족교육은 물론이고 창작 표현 행위의 모든 분야에 걸쳐서 '인식의 동일화'가 공화국공민의 자격으로 가늠되고 있었다. 나는 그것이 '의식의 정형화'임을 간파했다.

재일(在日) 세대의 독자성을 인정하지 않는 조선총련의 이러한 권위주의, 획일주의에 대해서, 나는 「장님과 뱀의 억지문답(盲と蛇の押し問答)」이라는 논고를 통해 이의를 주장했다. 1957년 7월 발행된 『진달래(ヂンダレ)』 18호에 실린 에세이였다. 벌집을 쑤셔놓은 듯한 소란이 벌어졌고, 나는 갑자기 반조직 분자, 민족허무주의자라는 견본으로 내세워져 모든 총련 조직으로부터 지탄의 대상이 됐다. 끝내는 북조선 작가동맹으로부터도 장문의 가혹한 비판문이 『문학신문(文學新聞)』에 게재돼, 김시종은 "양배추밭의 두더지"라고 규정되기에 이르렀다. 즉 제거해야 할 자로서 비판을 당했던 것이다. 물론 이 글은 일본에서도 총련의 중앙기관지인 『조선민보(朝鮮民報)』에 3회에 걸쳐서 전재되기도 했다. 이것으로 내 표현활동의 모든 것이 막혀버렸던 것이다.

얼마 뒤 조선총련의 전성기를 꾀하는 '귀국사업'이 일본적십자사의 합의 아래 큰 파도처럼 솟아올랐다. 내 원적지(原籍地)인 원산은 북조선 동해안 연안에 있다. 아버지의 고향인 그 원산은 해방 직후

우리 집 가족 전원이—그렇다고 해도 부모님과 나로 구성된 소가족이지만, 귀환하려고 하다가 38도선 근처에서 붙잡혔다. 그래서 아버지의 염원이었던 귀향(歸鄕)이 이뤄지지 못했던, 그곳은 원망 가득한 망향(望鄕)의 땅이기도 하다. 고백하자면, 원적지 북조선에 돌아가는 것은 일본에 왔던 당초부터 마음속에 간직한 집착이었다. 나는 사상적 악의 표본으로 지탄받기는 했으나, 그들이 원하는 대로 자기비판서를 제출하면 귀국선에 탈 가능성이 아직 남아있는 처지였다. 북으로 돌아간다고 하는 것이 내 자신에게 어떠한 것인가 하고 별안간 따져 묻게 되었다. 결국 자기비판도, '귀국'도 하지 않았다.

남북조선을 찢어놓는 분단선인 38도선을 동쪽으로 연장하면 일본 니이가타시(新潟市)의 북측을 통과한다. 본국에서 넘을 수 없었던 38도선을 일본에서 넘는다고 하는 발상이 무엇보다 우선 있었다. 북조선으로 '귀국'하는 첫 번째 배는 1959년 말, 니이가타항에서 출항했는데, 『장편시집 니이가타』는 그때 당시 거의 다 쓰여진 상태였다. 하지만, 출판까지는 거의 10년이라는 세월이 흐르지 않으면 안 됐다. 나는 모든 표현행위로부터 핍색(逼塞)을 강요당했던 터라, 오로지 일본에 남아 살아가고 있는 내 '재일'의 의미를 스스로 생각해 발견해야만 하는 입장에 서게 되었다. 이른바 『장편시집 니이가타』는 내가 살아남아 생활하고 있는 일본에서 또다시 일본어에 맞붙어서 살아야만 하는 "재일을 살아가는(在日を生きる)" 것이 갖는 의미를 자신에

게 계속해서 물었던 시집이다. 그러므로 내게는 '마디'가 된 시집이다. 1970년 겨울 마침내 나는 결심을 굳혔다. 10년간 보관만 하고 있던『장편시집 니이가타』를 소속기관에 상의하지 않고 세상에 내놓아 조선총련으로부터의 모든 규제를 벗어 던졌다.

도저히 모국어로는 옮길 수 없다고 생각했던『장편시집 니이가타』가 젊은 학구자 곽형덕 씨의 번역으로 이번에 본국의 글누림출판사에서 출간된다고 하는 전혀 생각지도 못했던 행운에 휩싸였다. 초판 발행으로부터 45년이 지난 이 오래된 시집이, 자애 깊은 모국어를 통해 번역 출판된다고 하니 고집스러운 내 일본어 시가 정화되고 있다는 생각마저 들어서 감격스럽다. 마음 깊은 곳에서부터 감사하는 마음을 적는다.

2014년 5월 10일

김시종

長編詩集『新潟』(니이가타)・한국판 간행에 부치는 글

長編詩「新潟」は、自分で生きてゆく私の最初の結節ともなった詩集である。私の第一詩集『地平線』は1955年12月に刊行されたが、同じ年の五月、在日朝鮮人運動もそれまでの民戦（在日本朝鮮民主主義統一戦線）から朝鮮総連（在日本朝鮮総連合会）へと、組織体が成り変わっていた。まるで中央本部内の宮廷劇のような、ある日突然の路線転換であった。

当時の私は二度目の喀血をこじらせたうえ腸結核まで患って、猪飼野の小さい診療所で伏せっていた。療養に三年を費しなんとか体を持ち直して1956年の9月退院したが、「朝鮮民主主義人民共和国の直接の指導下に入った」という朝鮮総連の組織的権威は、祖国北朝鮮の国家威信を笠に辺りを払うばかりに高まった。「民族的主体性」なるものがにわか

| 간행사 |

구미중심적 세계문학에서 지구적 세계문학으로

괴테가 옛 이란인 페르시아에서 아주 유명하였던 시인 하피스의 시를 독일어 번역을 통해 읽고 영감을 받아서 그 유명한 『서동시집』을 창작한 것은 아주 널리 알려진 일이다. 괴테는 비단 하피스 뿐만 아니라 페르시아의 역사 속에 등장하였던 숱한 시인들에 대해서도 공부하고 일일이 설명하는 노고를 그 책에서 아끼지 않을 정도로 동방의 페르시아 문학에 심취하였다. 세계문학이란 어휘를 처음 사용한 괴테는 히브리 문학, 아랍 문학, 페르시아 문학, 인도 문학을 섭렵한 후 마지막으로 중국 문학을 읽고 난 후 비로소 세계문학이란 말을 언급했을 정도로 아시아 문학에 깊이 심취하였다. 괴테는 '동양 르네상스'의 전통 위에 서 있었다. 16세기에 이르러 유럽인들이 고대 그리스 로마의 정신적 유산을 비잔틴과 아랍을 통하여 새로 발견하면서 르네상스라고 불렀던 것을 염두에 두고 동방에서 지적 영감을 얻은 것을 '동양 르네상스'라고 명명했던 것이다. 동방의 오랜 역사 속에 축적된 문학의 가치를 알게 되면서 유럽인들이 좁은 우물에서 벗어나 비로소 인류의 지적 저수지에 합류한 것이다.

그러나 중국에서 생산된 도자기와 비단 등을 수입하던 영국이 정작 수출할 경쟁력 있는 상품이 없다는 것을 깨닫고 인도와 버마 지역에서 재배하던 아편을 수출하며 이를 받아들이라고 중국에 강압적으로 요구하면서 아편전쟁을 벌이던 1840년대에 이르면 사태는 근본적으로 달라졌다. 영국이 산업화에 어느 정도 성공하면서 런던에서 만국 박람회를 열었던 무렵인 1850년대에 이르러서 비로소 유럽이 전 세계를 지배하게 되는 움직임이 시작되었다. 13세기 베네치아 출신의 상인 마르코 폴로와 14세기 모로코 출신의 아랍 학자 이븐 바투타가 각각 자신의 여행기에서 가난한 유럽과 대비하여 지상의 천국이라고 지칭하기도 했던 중국이 유럽 앞에서 무너지는 것을 보면서 예전의 방식은 더 이상 통하지 않게 되었고 새로운 세계상이 만들어져 가기 시작하였다. 유럽인들은 유럽인들이 만들고 싶은 대로 이 세상을 만들려고 하였고, 비유럽인들은 이러한 흐름에 저항한다는 것이 거의 불가능하다는 것을 알아차린 이후에는 유럽의 잣대로 세상을 보는 방식을 배우기 위해 유럽추종에 혼신의 힘을 쏟았다. '동양 르네상스'의 기억은 완전히 사라지고 그 자리에 들어선 것은 '문명의 유럽과 야만의 비유럽'이란 도식이었다. 유럽의 가치와 문학이 표준이 되면서 유럽과의 만남 이전의 풍부한 문학적 유산은 시급히 버려야할 방해물이 되기도 하였다. 처음에는 유럽인들이 이러한 문학적 유산을 경멸하고 무시하였지만 나중에서 비유럽인 스스로 앞을 다투어 자기를 부정하고 유럽을 닮아가려고 하였다. 의식과 무의식 전반에 걸쳐 침전되기 시작한 이 지독한 유럽중심주의는 한 세기 반을 지배하였다. 타고르처럼 유럽의 문학을 전유하면서도 여기에 함몰되지 않고 자신의 전통과의 독특한 종합을 성취했던 이들이 없었던 것은 아니지만 주된 흐름을 바꾸기에는 역부족이었다.

유럽이 고안한 근대세계가 내부적으로 많은 문제점들을 드러내자 유럽 안팎에서 이에 대한 비판이 이루어졌고 근대를 넘어서려고 하는 노력들이 다방면에 걸쳐 행해졌다. 특히 그동안 유럽의 중압 속에서 허우적거렸던 비유럽의 지식인들이 유럽 근대의 모순을 목격하면서 자신의 과거를 돌아보는 성찰의 시간을 가지면서 사태는 달라지기 시작하였다. 유럽중심주의를 넘어서려는 이러한 노력은 많은 비유럽의 나라들이 유럽의 제국에서 벗어나는 2차 대전 이후에 이르러 본격화되었다. 정치적 독립에 그치지 않고 정신적 독립을 이루려는 노력이 문학을 중심으로 광범위하게 이루어졌던 것이다. 구미중심주의에 입각하여 구성된 세계문학의 틀을 해체하고 진정한 의미의 지구적 세계문학으로 나아가기 위해서는 두 가지의 인식 전환이 필요하였다. 하나는 기존의 세계문학의 정전이 갖는 구미중심주의를 분석하고 비판하는 것이다. 현재 다양한 세계문학의 선집이나 전집 그리고 문학사들은 19세기 후반 이후 정착된 유럽중심주의의 산물로서 지독한 편견에 젖어 있다. 특히 이 정전들이 구축될 무렵은 유럽이 제국주의 침략을 할 시절이기 때문에 이것은 더욱 심하였다. 아무리 뛰어난 재능을 가진 유럽의 작가라 하더라도 제국주의에서 자유로운 작가는 거의 없기에 그동안 별다른 의심 없이 받아들여졌던 유럽의 세계문학의 정전들을 가차 없이 비판하고 해체하는 작업은 유럽중심주의를 넘어서기 위해서 반드시 거쳐야 할 과정이었다. 하지만 이는 필요조건이지 충분조건은 아니었다. 서구문학의 정전에 대한 비판에 머무르지 않고 비서구 문학의 상호 이해와 소통이 절실하다. 비서구 문학의 상호 소통을 위해서는 비서구 작가들이 서로의 작품을 읽어주고 이 속에서 새로운 담론들을 만들어 내는 것이 필요하다. 기존 정전의 틀을 확대하는 것은 임시방편일 뿐이고 근본적인 전환일 수 없기에 이러한 작업은 지구적 세계문학의 구축을 위해서는 반드시 거쳐야한다. 비서구문학전집은 이러한 인식의 전환을 위한 새로운 출발이다.

글누림비서구문학전집 간행위원회

차례

깎아지른 듯한 위도(緯度)의 낭떠러지여

내 증명의 닻을 끌어당겨라.

척량산맥(脊梁山脈) 저편에

일본 안팎을 가르는 대지열대(大地裂帶)가 있다는 사실은

뜻밖에도 알려지지 않은 확증의 하나다.

| 일러두기 |

* 이 시집은 『長篇詩集 新潟』(構造社, 1970.8.) 전문을 번역한 것이다.

제1부

간기(雁木)의 노래

(2).

に強調されだして、神格化される金日成主席の「唯一思想体系」の下地にして「主体性確立」が行動原理のように使われた。北朝鮮そのままの組織構造や日常の活動形式までが、この日本で型どおりに要求されていたのだ。民族教育はもちろんのこと、表現行為のすべてにわたって認識の同一化・創作が共和国公民としてはかられていった。私はそれを「意識の定型化」と看て取った。

在日世代の独自性を払いのける朝鮮総連のこのような権威主義、画一主義に対して、私は「盲と蛇の押問答」(장님과 뱀의 억지문답)という論稿でもって異を唱えた。1957年7月発行の『ヂンダレ』(진달래)18号に載ったエッセーであった。蜂の巣をつついたような騒ぎとなり、私はいまわしい反組織分子、民族虚無主義者の見本に仕立てられて、総連組織挙げての指弾にさらされた。ついには北朝鮮の作家同盟からも長文の厳しい批判文が『文学新聞』に掲載され、金時鐘は

1

눈에 비치는

길을

길이라고

결정해서는 안 된다.

아무도 모른 채

사람들이 내디딘

일대를

길이라

불러서는 안 된다.

바다에 놓인

다리를

상상하자.

지저(地底)를 관통한

갱도를

생각하자.

의사(意思)와 의사가

맞물려

천체마저도 잇는

로켓

마하 공간에

길을

올리자.

인간의 존경과

지혜의 화(和)가

빈틈없이 짜 넣어진

역사(歷史)에만

우리들의 길을

열어두자.

그곳을 통과하지 않으면 안 된다.

고카이[1]처럼

납죽 엎드려

손의 감촉만을

눈을 대신해온

눈먼[盲目] 일상 가운데
언제고
득실대던 것은
바다 건너온
군화였다.
큰길을
낮게 신음 소리를 내며
지프가 왕래할 때
내 과거는
흙속의 미로를
내내 밀어 헤쳤다.
뒤쪽 울타리에
호(壕)를 파고
대지의 두꺼움에
울었던 날로부터
어머니는 끝끝내
외둥이인 나를
잃었다.
내 과거에
길은 없었다.

일제(日帝)에 의해
고역(苦役)을 강요당했던
그 길을
대신해서
끌려갔던 아버지조차
다시 돌아오지 못했다.
밤이 날뛰기 시작되고
야행성 동물로의 변신은
그 어떤 길을
필요로 하지 않았다.
와그작거리는
카빈 총 아래를
앞으로 구부리고
걸어야 한다면
그러한 길은
개에게나 던져주면 그만이다!
어떠한 변경(邊境)에서조차
총구가 엿보는 세계는
둘러싸여진
통로다!

규제할 수 있는

통로는 있어도

그 규칙으로부터 불거져 나오는

인간은 있을 수 없다.

그도 또한

같은 통로의 인간이 아니냐!

고개를 숙인

백주의 활보보다

날뜀을 간직한

원야(原野)가

보여주는 밤의

배회를 고르자!

포획된

나라 안에서

포획한 것을

꽉 쥐는 것이다.[2]

어둠에

해쓱한

안광을 불태우며

표변(豹變)하는

표범의 이미지에
발톱을 간다.
통로를 무시한 자에게
세상[世界]은
그 얼마나
자유로웠더냐!
아직 다 자라지 않은
발톱을 곤두세우고
원시림처럼
그들의 영역으로
몰래 들어갈 때
고향은
처녀지처럼
은밀히
밤의 찬 공기에 함초롬히
숨 쉬고 있다.
오오 고향이여!
잠을 취하지 못하는
나라여!
밤은

동쪽으로부터

서서히

밝아오는 것이 좋다.

천만촉광(千萬燭光)

아크등(ark light)을 비추고

백일몽은

서쪽으로부터

바다를 건너

군함으로 찾아왔다.

긴 밤의

불안 가운데

빛에 익숙하지 않은

우리들의

시계(視界)에

눈부시기만 한

달러문명을

비추기 시작했다.

내 불면은

그로부터 시작됐다.

고향의 밤은

그들의

그늘진 곳에서만

숨을 쉴 수 있었다.

수풀도

쭈그려 앉아

그늘을 품었다.

바다마저

뱃노래를 잃은

어화(漁火)를

먼

난바다로

채가버렸다.

칠흑 같은 어둠보다 더 커져

표백된 밤의

말로(末路)는

끝을 알 수 없다.

반원형[3]의

병사(兵舍)가 교차하는

그늘 안에서

처음으로 알았던

고향의 지맥(地脈)이여.

냄새여.

맛이여.

통로를

구별하지 못하는 자가

빠져버린 통로의

단단한 포장(鋪裝)에

내지른 비명이여.

안저(眼底)에 흩어진

불꽃놀이

색이여.

표범은

들이밀 어금니를 갖지 못한 채

수족이 비틀려 뜯겨

설설 기었다.

생애에 걸쳐

그 밝음을

나는 잊을 수 있단 말인가?!

사방이 2미터인

콘크리트 방에

뇌수의 안쪽까지도
들여다봤던
푸트라이트[4]를!
그들은
언제나
산 몸뚱이 채로
인간을 바꾸는
완전히
독기(毒氣)를 드러낸
알라딘 램프로
나는 결국
지렁이가 되었다.
밝은 빛에 대한
두려움은
태양마저도
질색해
그늘에 사는 자로 바꿔놓았다.
그 후
나는
길을 갖지 못했다.

이미 마련된
길의
모든 것을
나는 믿지 않는다.
기묘하게도
이 나라에서는
생선이 육지에서만 잡혔다.
낚싯대를 쥔 어부는
격랑의 저편으로
밀려나
미간이 좁은
급조된
GI가
총구로 들춰낸
우리들을
유창한 조선어를 써서
미끼로 삼았다.
나는 선복(船腹)에 삼켜져
일본으로 낚아 올려졌다.
병마에 허덕이는

고향이

배겨 낼 수 없어 게워낸

하나의 토사물로

일본 모래에

숨어들었다.

나는

이 땅을 모른다.

하지만

나는

이 나라에서 길러진

지렁이다.

지렁이의 습성을

길들여준

최초의

나라다.

이 땅에서야말로

내

인간부활은

이뤄지지 않으면 안 된다.

아니

달성하지 않으면 안 된다.

오로지

동북(東北)을 향해서

지표(地表)를 기어 다녔다.

아크등을

무서워하며

지층의 두께에

울었던

숙명의 위도(緯度)를

나는

이 나라에서 넘는 거다.

자기 주박(呪縛)의

밧줄 끝이 늘어진

원점을 바라며

빈모질(貧毛質) 동체에 피를 번지게 하고

몸뚱이채로

광감세포(光感細胞)[5]의 말살을 건

환형(環形)운동[6]을

개시했다.

2

어쩌면

고인(故人)은

자식에게

그것만을

남겼으리라 생각되는

녹로(轆轤)에

묶여

새끼손가락 정도의

진주봉(眞鑄棒)이

비비 꼬인다.

신관(信管)[7]의

나사를 자르면서

그 이상한

가느다란 굵기에

완전히 닮아빠진

미끌미끌한

손끝이

손가락인 것을

잊어버린다.

감촉 없는

사고(思考)는

내장(內障)[8]의

각막(角膜)을 닮아

주야(晝夜)의

명암을 더듬을 정도의

영상을

엿보는 것이다.

이것이

오야코[親子] 폭탄[9]

가운데서

떨어져 나온 폭탄

신관의

나사

이

다.

이까짓

것으로

작렬(炸裂)

하는

조선

의

하늘

은

묘한

하늘

이다.

지나치게 파랗기

때문인지도

모를 일.

고마쓰[小松] 제작소[10]

정도의

회사로부터 내려온

하도급의

하도급

솜씨에 자신이 있는

그이는

아주

심기가 좋으시다.

정도가 심한 근시안에
절삭유(切削油)가 번져서
광도(光度)에 약한
그 눈이
계산을
깎고 있다.
이것으로
300개.
이제 두 시간만 버텨내면
그놈의 몫은[11]
이윤이 남는
계산이다.
그건 그렇다 쳐도
요새 조금
주제 넘는 게 아니야?
이놈아.
어째 겉날리게 막 다루는 게야!
그만큼 일러뒀는데
쇠 부스러기 있는 곳에
놋쇠 쓰레기를 흩뿌려대다니!

걱정 되는

사람끼리.

모든 것이

돈과 연관되는

생활의

척도.

305.

310.

남은 1500개는

"생체해부학"에

걸고 싶던 참이다.

자 너그럽게 봐 주시게

놈의

세 개 중 한 개는

내 여덕(餘德) 몫이 아닌가!

광감세포를

도려낸다 하여

오랜 세월의 습벽을

어찌하란 말이냐?!

무엇보다

태양의 소재를

알 길이 없다.

내가

질려서 늘어졌을 때

그놈은

늘

몸차림을 바로잡고

내게서

빠져 나간다.

일럭스[12] 정도

밝기 가운데

그녀의 붉은 기염(氣焰)에

완전히 달아오른

그놈의 몸을

처치 곤란한 기색으로

팔짱을 끼고

허풍스럽게 생각에 잠긴 채

밤이 깊어져

내게

빠져든다.

폐허 같은

흉곽(胸廓) 가운데

제멋대로

장탄식을

반복하며

일하는 몸의

소중한 잠을

쥐어뜯는다.

그것으로 한층

내

작업장에서의

아지랑이는

깊이

내려앉을 뿐이다.

휘어진 벨트에

붙잡힌

아침이

긴

낮을

허둥

지둥
몰아댈 무렵.
고무 정원의
씨앗을
빼앗은
안남인(安南人)[13]처럼
미소 지으며
근시안이
훔쳐본다.
끝없는 숫자의
포로.
나는
일분마다
뭉치를 헐어가고
마님은
통과 같은
배를 쑥 내밀고
남편과
고용인의
벌이를

검산한다.

서로가

백(百) 단위를

왕복했을 무렵

만(萬) 정도를 걸고

규격 외의 것이

돌아왔다.

홀연히

한 달 생활을

홱 낚아채고

각인각색의

허탈(虛脫)함에

증오를 보이지 않게 바르고

순식간에

늘어난 벨트에

갈퀴덩굴을

뒤덮기 시작한다.

포르투갈인의 채찍에

무르춤하는

고무 채취인.

기름 쓰레기가
괴인
발판 아래로부터
하마의 새끼가 조심스레
얼굴을 내밀고
어미의
젖꼭지를 만지작거리며 찾자
덮칠 듯한
커다란 소리를 발로 차올리며
어미와 새끼는
강바닥으로
지쳐 주저앉았다.
기다려.
그건 아무리 봐도
늪이다.
내
지렁이로부터의
탈피는
거머리로의
변신인지도 몰라!

질퍽대는

습기 속에서

엎드려 기어 돌아다니는

것이 있다!

있다.

있다.

나온다. 나온다.

벽이라 하지 않고

천정이라 하지 않고

검게 빛나는

거머리가

있다!

근시안의

불안스런

시력에

전신

거머리로 변해서

꾀어든

내

가

있다!

이건 참을 수 없다!

맹렬한

충격에

공중제비를 하고

팽개쳐진

코끝이

거꾸로

태양의 흑점에

돌입했다!

밤을 끌고

내 잠을

빼앗은

그놈이

주눅 들지 않고

꼬드긴 여자를

데리고

내 서식지를

습격했다!

백주대낮에

새까맣게
“맥아더 인천상륙작전”을
새겨 넣고서
이것이
네 놈의
수감장(收監狀)이라고
빛에
눈앞이 캄캄해진
내
안저(眼底)에
힘껏 때려 박았다!
일격으로
아버지의 유산(遺産)을
수렁에
가라앉힌
한 무리는
환성과 함께
그곳을 떠났다.
해가 뉘엿뉘엿 쉬 지지 않는
골목길에서

깨진

안경에서

거머리를

나오게 하고

떨어뜨리고

망집(妄執)이 부르짖는다!

기다려……

나는ㅡㅡ 관둘래ㅡㅡ

조센[朝鮮]

관둘래ㅡㅡ!

쭈그리고 있는

귓불을

치고

검은 바림질[14]이 된

그림자가

큰길을

직각으로

꺾어가서

콘크리트 벽에

새겨진 것처럼

앞으로 푹 꼬꾸라져 있다.

3

대오(隊伍)의
선단과
맨 끝에서
우리들이
하나의
대오였을 때.
무턱대고
앞질러 가는
그놈과
자주 뒤처지는
나와
조정(調整)하는 것이
동질의
필요성에
얽히고설켜 있는 것은
놀라움이다.

그놈이

몸이 가벼운 것은

이미

탈분(脫糞)을 마쳤기 때문이다.

혼초[本町][15]

길모퉁이를

지나가는 길에

잠복하고 있던

경찰에게

갑자기

점화(點火)된

그놈이

남문(南門) 거리

가파른 언덕을

단숨에 상승(上昇)했지만

분사구(噴射口)는

대장(大腸)의 반 정도까지

떨어져 나가버렸다.

이후.

그는 장카타르[16]다.

따라서
서두를 필요가 있다.
하나의 목적지에
다다르는
과정은
내내
배변을 할 걱정이
존재한다.
그 녀석의 근심을
내가 모르는 바 아니다.
다만 불행하게도
내 배변이
일본 경찰과의
더구나
동일한 옷차림을 한
적과의
대칭 가운데
상기(想起)되고 있음이다.
이명(耳鳴)이 울릴 정도의
풀숲에서 풍기는 열기에

땀을 마셔가면서

쫒기며

숨어있던

그놈은

짚 부스러기에서

바지

안쪽을

떼어내고

찌든

악취의

아수라장을

성채로

내줬다.

비애(悲哀)라는 것은

산에 둘러싸인

탈분자(脫糞者)의

마음이다.

총성에

서둘러

몸을 움츠린

내가

밤새 배설물을

간직한 채

요 근래 십 년

직장경색(直腸哽塞)에 시달리고 있는 것도

그놈이

앞서 나간 하사품이라

할 수 있지 않겠나?!

아니면

너무 느린

내 걸음 탓이라고 해야 하나?!

그놈은

가까워진

배변을 위해

선두를 끊고

나는

가득 차기만 하는

변비 때문에

발걸음이 느려지고 있다.

대오의

선단과

맨 끝에서

하나의 의지

두 개의 경로를 편력하고

하나로 균형을 맞추고 있다.

제대로

변을 싸고 싶다.

배설을 참고 견디는 것은

한국에서 했던 것으로

충분하다!

게다가

놈들에게 노출된

지점에서

이토록

핍박과

재촉을 해대니

말되 안 되는 세상이다!

자신의 생리(生理)에

비춰 보고서야만

적지(敵地)를

살피는

하등 동물놈

전쟁공범자인

일본에

있으면서

자신이

평온해 지는

혈거만을

바라고 있는

이 장부(臟腑)의

추악함은 어찌 하리!

소화력도

갖지 못한 주제에

밤을 새운

여동(女同)[17] 아주머니들의

손에서

스스럼없이

입에 넣었던

주먹밥의

대가를 통감해라!

내리 찍는
경찰 곤봉의
빗속에서
피거품이 된
동족애가
비명을 지르고
사산(四散)했다.
나는
바야흐로
빛나는
포로.
변기가
보장된
혈거에 있으면서
여전히 변통(便痛)할 수 없는
개운치 않게
웅크리고 있는
스이타[吹田][18] 피고다.
더구나!
조국을 의식한다고 하는 것은

그 얼마나 고삽(苦澁)에 가득 찬

자세였던가.

내가

일본에 있어야만 하는

이유

대부분은

배설물

방기소(放棄所)에 현혹된

혼(魂) 때문이라니

이 무슨

참사냐!

제트기가

어지러이 날아다니는

일본에서

동포를 살육하는

포탄에 덤벼든

분격(憤激)을

남몰래

더럽힌

소화불량의

노란 반점(斑點)에
남긴 것은
이 무슨 빌어먹을
십년이냐!
탈토(脫兎)처럼 재빨리
달려 나간
그놈이
똥을 싸댔던
원야(原野)에서
풍기는 숨 막히는 열기에
숨어있다!
그놈이야말로
붙잡아야 한다!
일본열도의
세로[縱] 깊이에
망설이고만 있는
나와
그 깊이에
쑤욱 숨어 있는
그놈과의

거리를

이제서야

자족(自足)하고 있는

자기의 저변(底邊)[19]에 걸쳐

다시 포착하자.

마음이여.

날뛰지 말거라.

보장된

모든 것이

내게는

고통이다.

그것이 가령

조국이라 해도

자신이 더듬거리며 찾은

감촉이 없는 한

육체는 이미

믿을 수 없다.

너의 그

유연한 다리, 허리에 매여

달리는

내

현실을 요망한다!

우뚝 솟은

도회의

정점을 뚫고 나가

미명(未明)에 걸쳐

깊숙이

몸을 진정시키는

내

숲을

칸막이 친

하늘의

천장에서만

살려두지 말라!

4

서리는

빛을 휩싸고

동면하는

사고(思考)를
둥글게 한다.
어렴풋이
석양을 가리키는
누에 시렁에
싱싱한
뽕잎 새싹을
꿈꿔왔던
주민이
누에고치가 됐다.
은실을
묶어
북상하는
실크로드를
고갈시킨
누에고치
양수(羊水) 속에
깔아 놓았다.
번데기로의
정체(停滯)만이

피아(彼我)의 가치를
하나로 할 수 있다.
꿈틀대던 사이
자신이
자신이 아니었던 것처럼
자기가
물어 찢는
현실에서조차
부여된
자기 말살로의
양식에 지나지 않는다.
튀김을 한
번데기
대군(大群)을
겨드랑이에 끼고
부인은
매력 있게 상긋
웃었다.
봄은 아직 멀었어요.
속이 들여다보일 듯한

손가락 끝에
감긴
번데기 알이
정신없이
오후의
양달에서
갈아 뭉개졌다.
자기 변모의
술책에 빠지긴 했으나
그 말로를
비단잉어는
조망받기만 하는
굴욕 속에
뻐끔거리고 있다.
살아있는
대상이
증오할 것인 양
꼬리를 튕기고
군집했다.
봄은 멀다.

보증된

열량(熱量) 가운데

내 자신이

소생했다고 하자.

흉물스러운

날개[翅]의

대상(代償)에

만 개의 분신을

낳고

백화요란(百花擾亂)의

환희에

섞여 든다.

금구(禁句)라는 것은

꽃가루조차 나르지 못하지만

더듬대는

허무한

암꽃술의

소재(所在)다!

꿀을

모아두지 않고

그저
나비일 수 있는
증명을 위해서만
미친 듯 춤을 추는
나방의
영상.
당신이 부화하려면
아직 짬이 있어요.
언제고
봄은
밖에서만
여물어 터진다.
무딘
젖빛의
잔광에 휩싸여
나는 생각한다.
고대 이집트
입상(立像)처럼
영겁(永劫)
원형에 지나지 않으리라는

자신에 대해
그 소상(塑像)[20]의
일그러짐에
전율한다.
번데기의 운명을
거부하는 것이
적어도
비단잉어를 끝까지 증오하는 것과
동의어가 돼서는 안 된다.
모든
사육되는 것과의
연대(連帶)에 철저한
배덕(背德)이야말로
바람직한 것이다.
그래!
그 여자 자신을
사육하자!
인종(忍從)의
극치가 만들어내는
주종 관계의

도착을

설마

알 턱이 있나.

완전히

여자가

나를 지배할 때

처음으로

주인이 될 수 있는

내 날들이

약속된다.

아직 껍데기를 쓰고 있어?!

괴아하게

알맹이의 변질을 걱정하는

여자의

귓전에서

번데기가

터졌다.

나를 부화시키는 것은

당신뿐이에요!

현란한

귀걸이를

차서 떨어뜨리고

여자의 상징을

대신하는

정체를

드러내

백일(白日) 하에

뛰쳐나갔다!

어머! 한 패네요!

미분화(未分化)의

연체물(軟體物)을

위로 던져

허공에서 굴절하는

원색의

날개.

이 님프(nymph) 녀석!

육박하는

턱에

부들부들 떨며

부르짖었단 말이다.

비단잉어여

네놈에게 잡혀 먹히는 것 따위

배덕이 아니다!

청렬(清冽)한

급류에

실려

몸부림치며

안식은

자갈이 돼

가라앉았다.

곧이네요, 봄도!

녹지 않고 남아있는 눈을

밀어 헤쳤던

수선화처럼

아내가

고생대의

조용함 가운데서

서성대고 있다.

꼭 돌아가야 해?

가둬둔 것은

나와야 하는 법이에요.

포만(飽滿)한

배를 안고

천연가스 홀더[21]가

위를 향하고 있는 모습은

실로

지저(地底)의 소용돌이다.

지나쳐서 지반이 풀어지는 것도

있을 수 있다!

홍적세(洪績世)[22]가 잠에서

오늘날 깨어났다는 이야기가 아니다!

일본 가스의

메탄올에 현혹돼

가라앉은 것은

지반이 아니라

내가 아니었던가?!

당신이야말로

파묻히면 좋겠어요!

그 무슨 무서운 말을.

포사 마그나[23]의

급류에

드러난

투명하게

비쳐 보이는

네

사랑을

너는

너대로

배양(培養)해야 하는 것이 아니냐?

어머 히메가와(姫川)[24]의 비취옥인가요!

아아……

네 사생아잖아.

일본의

특산물이 될 수는 있지만

이놈은

역시

이미테이션이지.

불쌍하게도…….

당신을 부화시킬 수 있는 것은

나 외엔 없어요.

대동강

고운 모래라면

설마

당신을

구별하지 못하겠지요

함께

굳어져서

블록이 되세요

당신이 어떻게 하느냐에 따라

철근 콘크리트의

자갈이 될 수 있지요

그렇지!

내 젖가슴에 메워져서

함께 가요

완전히 식어버린

화석을

휩싸고

고동(鼓動)이

크게 울렸다.

조국이라기보다는

모국으로서의

온기가

마음을

소생시켰다.

어떻게

자기의 반생이

포사 마그나의

갈라진 틈에

웅크린

자갈이었는가 하고.

그린터프[25]

제삼기층(第三紀層)과

고생대의

오랜 지층에

끼인

경계선에서

평생

변하지 않으리라는

자연에

얽매여

비취옥으로의

변질(變質)에

희망을 건

아졸한

날들이여!

바다가

물보라치고

정선(汀線)의 진퇴가

파도 머리와

맞물리는

강어귀

그리로

냅다 뛰어라!

남편은

자기의 겉치레를

아내에게

맡겼다.

오히려

새빨갛게

끓어오르는

용광로에서
녹고 싶다며
아내의 손을
쥐었다.
둘이
이별하는 것이 아니다.
네가
가슴에 보듬고 있는 것이
진실된
나란 말이다.
눈물은
자기의
결별에 더해
주체할 수 없이 쏟아졌다.
사람과
마음이
가차 없이
융화할 때
사랑은
산다.

내가

남는 것은

탈피한 껍질이기 때문이다.

아내여.

생명을 품는

사람이여.

태어나는 아이에게야말로

청결한

처녀지를

약속해 주시오.

네!

저는 당신을 놓지 않아요!

이미

바다는

송풍(松風)

끄트머리에

올라타 있다.

이미 인적이 끊어진

유사(有史) 이전

단층이

북위 38도라면

그 경도의

바로 위에

서 있는

귀국센터야말로

내

원점이다!

아아 배[船]가 보고 싶다!

대설(大雪) 아래를

설국(雪國) 사람이

천 년에 걸쳐

짜온

간기(雁木)길[26]을

빠져 나가

바다로

나갔다.

이 사람들이야말로

길

이라는 것을

미리

갖고 있던 사람들이겠지.

그 사람은 갔어요!

가쿠마키[27] 안쪽에

장난기 가득하게

미소 짓는

눈.

그놈은

또다시

나를 앞질렀는가!

본시

너는 너무 서두른다!

어때?!

북으로부터의

계절풍에 후퇴하는

해안선에

온 일본이 눈코 뜰 새 없지요.

그 가운데

시나노가와[信濃川]를

상류 58킬로의

오지에서

분수(分水)해
우리들은
신시나노가와[新信濃川][28]를
팠어요!
이봐, 이걸 봐!
모래톱은
현실에서
난바다 쪽에
출현했다고요!
우리들이
반입해
공급한 토사량 쪽이
해안 침식에 의한
결괴량(缺壞量)을
훨씬
상회했잖아요!!
자아
항구는 저쪽이에요!
역사는
과거의 것이 아니었다.

150만 년 전에

니이가타 평야가

바다였다면

실제로

바다가

메워져

육지가

성장하고 있는

지형 발달

과정을

사람은

몇 만 년이나

거쳐야 한단 말인가?!

핵(核)처럼

응축(凝縮)한

현대를

우리들은

살아간다!

해안선이

전진했던

테라도마리[寺泊][29] 해안에 안겨

하구(河口)는

이미

다가오는 계절 팽창에

물결치고 있다.

바다를

도려내야만

길이다!

제2부

해명(海鳴) 속을

(3)

でキャベツ畑のモグラ」と規定された。即ち
排除されなければならない者として批判され
たのであった。もちろん日本でも、総連中央
機関紙『朝鮮民報』に三回にわたって転載さ
れた。これで、私の表現活動の一切が封じら
れた。

ほどなくして、朝鮮総連の全盛期を画す北
朝鮮への「帰国事業」が、日本赤十字社の合
意のもとうねりのように湧き起こった。私の
元籍地の元山は北朝鮮の東海岸沿いにある。
父の故郷のその元山は解放直後わが一家あげ
て、といっても父母と私の小家族だが、引き
揚げて行こうとして三八度線近くで捕まって
しまい、父の念願の帰郷が果たせなかった、恨みがまし
い望郷の地でもある。告白すれば元籍地の北
朝鮮に帰るということは、来日当初からの心
に秘めた執着でもあった。思想悪のサンプル
にされている私でもあったが、要望とおりの
自己批判書を提出すれば帰国船に乗せてもら
える可能性はまだ残っている私でもあった。

1

하구에

토사로 메워진

환목선(丸木船)[30]이 있다.

바다를

예지한 자가

오랫동안

혈맥을

이어온 그대로다.

바다와

마주치는 순간

뱃머리를 내밀고

망망한

물너울을

이겨내지 못했던

의지가

내려와 쌓인 시대의

퇴적(堆積)에

잠자고 있다.

그것은

결코

어제의 일이 아니다.

미지를 향한

동경을 숨겼던

공간과

거리와

정적(靜寂) 안에서라면

아직도

얕은

잠에 지나지 않는다.

머무는 것을

알지 못한 채

영원히

파묻히는

의지마저 있다.

무한히 넓어지는 가운데

궤도를 벗어난

위성선(衛星船)이

부화하는

비단벌레처럼

기어가고 있다.

우주공간의

정적(靜寂)에

바싹 말라버린

바다를

보았는가?!

더 이상

무기물(無機物)의 집적을

바다라

말하지 말라.

수면마저도[31]

안식을 취하지 못하고

끊임없이

움직임을

반복하는

사고(思考)로서만

실현 불가능한

명맥의 땅에

포물선을 던진다.

만 하루.

바다를 건넌

배만이

내 사상의

증거는 아니다.

다시 건너지 못한 채

난파했던

배도 있다.

사람도 있다.

개인이 있다.

공막(空漠)한

우주로

기어 나가는

곤충조차 있다.

완미(頑迷)한 끝에

파묻힌
환목선의 나날을
사람은
자신의 의의(意義)에 입각해서
그 무위(無爲)만을
힐책해서는 안 된다.
내가 가라앉은
환영의
팔월을
밝혀내자.
때로
인간은
죄업 때문에
원시(原始)를
강요할 때가 있다.
혈거를
기어 나오는데
오천년을 들인
인간이
더욱 깊숙이

혈거를 파야만 하는

시대를

산다.

개미의

군락을

잘라서 떠낸 것과 같은

우리들이

징용(徵用)이라는 방주[箱舟]에 실려 현해탄(玄海灘)으로 운반된 것은

일본 그 자체가

혈거 생활을 어쩔 수 없이 해야 했던 초열지옥(焦熱地獄)[32] 전 해였다.

이미 조수(潮水)가 전부 빠진

군항을

에워싸고

텅 빈 요새(要塞)를 지켜보는

내허(內虛)한 포구

무수히 구멍난

산 중복에서

완전히 하나의

구멍으로 변하고 있었다.

전쟁의 종언은

참호의 깊이로

추량했다.

이미

참호 그 자체가

바닥이 나 있다.

밀치락달치락

대항해 싸웠던

터널 깊숙한 곳에서

눈 먼

개미일 수밖에 없었던

동포가

출구 없는

자신의 미로를

그래도 파고 있다.

산 습곡을

비스듬히

파고들어

사행(蛇行)하는

의지가

무너뜨리는

삽
끝에서
8월은
갑자기
빛났던 것이다.
아무런
전조도 없이
해방은
조급히 서두르는
수맥처럼
동굴을 씻었다.
사람이
물결이 돼
설레는 마음이
먼 가향(家鄉)을 향해
물가를
채웠다.
미칠 것 같이 느껴지는
고향을
나눠 갖고

자기 의지로

건넌 적이 없는

바다를

빼앗겼던 날들로

되돌아간다.

그것이

가령

환영(幻影)의 순례[遍路]라 하여도

가로막을 수 없는

조류(潮流)가

오미나토[大湊]를

떠났다.

염열(炎熱)에

흔들리는

열풍 속을

낙지 항아리[33]를 흡입해 다가오는

낙지처럼

시각을

갖지 못한

흡반(吸盤)이

오로지

어머니의 땅을

만지작거렸다.

막다른 골목길인

마이즈루만(舞鶴湾)[34]을

엎드려 기어

완전히

아지랑이로

뒤틀린

우키시마마루[浮島丸][35]가

어슴새벽.

밤의

아지랑이가 돼

불타 버렸다.

오십 물 길

해저에

끌어당겨진

내

고향이

폭파된

팔월과 함께

지금도

남색

바다에

웅크린 채로 있다.

2

항상

고향이

바다 건너편에

있는 자에게

어느새

바다는

소원으로 밖에

남지 않는다.

석양빛에

서성대던

소년의

눈에

물밀 듯이
밀려들어
주옥과 줄지어 선 것은
이미 바다다.
이 물방울
하나하나에
표현하지 못한
소년의
약속이 있다.
애타게 기다리다
물가에서
조각상(彫刻像)이 돼버린
소년의
울적한
기억으로
종일
파도가
무너진다.
바닷바람 속을
흔들리고

퍼지며
소년의
작은 가슴에서
부글부글
깊어져 가는 것은
바다다.
가늠할 수 없는
바닥에
웅크린
아버지의
소재(所在)에
바다와
융합된
밤이
조용히
사다리를
내린다.
소년의 기억에
출항은
언제나

불길한 것이었다.
모든 것은
돌아오지
않는
유목(流木)[36]이다.
아버지가
버려두고 떠난
북쪽 포구 안쪽의
조부를
소년은
삿갓과
담뱃대와
턱수염
만으로
선조를
이었다.[37]
소년에게
감회는
없고
있는 것은

기억뿐이다.

노랗게 변한

망막에

오랜

음화(陰畫)가 돼

살아있는

아버지.

줄줄이 묶여

결박된

백의의 무리가

아가미를 연

상륙용 주정(舟艇)에

끊임없이

잡아먹혀 간다.

허리띠 없는

바지를

양손으로

추켜잡고

움직이는 컨베이어에라도

태워진 것 같은

아버지가

발돋움 해

되돌아보고

매번

미끄러지기 쉬운

주정(舟艇)으로

사라진다.

성조기를

갖지 않은

임시방편의

해구(海丘)에서

중기관총이

겨누어진 채

건너편 강가에는

넋을 잃고

호령그대로

납죽 엎드려

웅크린

아버지 집단이

난바다로

옮겨진다.

날이 저물고

날이

가고

추(錘)가 끊어진

익사자가

몸뚱이를

묶인 채로

무리를 이루고

모래사장에

밀어 올려진다.

남단(南端)의

들여다보일 듯한

햇살

속에서

여름은

분별할 수 없는

죽은 자의

얼굴을

비지처럼

빚어댄다.

삼삼오오

유족이

모여

흘러 떨어져가는

육체를

무언(無言) 속에서

확인한다.

조수는

차고

물러나

모래가 아닌

바다

자갈이

밤을 가로질러

꽈르릉

울린다.

밤의

장막에 에워싸여

세상은

이미

하나의

바다다.

잠을 자지 않는

소년의

눈에

새까만

셔먼호[38]가

무수히

죽은 자를

질질 끌며

덮쳐누른다.

망령의

웅성거림에도

불어터진

아버지를

소년은

믿지 않는다.

두 번 다시

질질 끌 수 없는

아버지의

소재로

소년은

조용히

밤의 계단을

바다로

내린다.

3

바람은

바다의

깊은

한숨으로부터

새어나온다.

먼 바다에

기포가 일고

부족한

수확의

옹이 투성이 손바닥이

집으로 돌아가는 길
닻돌을[39]
어루더듬을 무렵.
아침은
냉정히
늙은 어부의
시계(視界)에
현실을
펼쳐 보인다.
제주해협은
이미 하나의
활어조(活魚槽)[40]로
그
활어조
안의
활어조에
아버지가
가라앉아
소년이
떠돌고

조부가

쭈그리고 앉아 있다.

할당된

공출(供出)

생선과 함께

사육되는

생명이 있고

구부러진

손가락 끝에

걸린

동족의

산제물이 있다.

더 이상

노안(老眼)은

남아도는

인육(人肉)

먹이에 익숙해진

생선과

인간과의

구별을 짓지 못한다.

강탈당한
장지를
은밀히
활어조 속에
차릴 뿐이다.
닫힌
바다의
밀교(密教)가
산과
들판을
타고
막힌
살림을
속 깊숙이
이어
그들의
추잡한
식탁에
밤낮
시체로

살찐

살의(殺意)를

돋우었다.

지형(地形) 그대로

온량(溫良)한

조선을 향한

집게손가락을

죽은 자는

자신의 목숨을 바쳐

속죄했다.

사십 년의

멍에를

풀었다는

그들의

손에

이미

남조선은

식용토끼(베르지안)[41]의

몸통에 지나지 않는다.

단 하나의

나라가

날고기인 채

등분 되는 날.

사람들은

빠짐없이

죽음의 백표(白票)를

던졌다.

읍내에서

산골에서

죽은 자는

오월을[42]

토마토처럼

빨갛게 돼

문드러졌다.

붙들린 사람이

빼앗은 생명을

훨씬 상회할 때

바다로의

반출이

시작됐다.

무덤마저
파헤쳐 얻은
젠킨스[43]의 이권을
그 손자들은
바다를
메워서라도
지킨다고 한다.
아우슈비츠
소각로를
열었다고 하는
그 손에 의해
불타는 목숨이
맥없이
물에 잠겨
사라져 간다.
피는
엎드려
지맥(地脈)에
쏟아지고
옛 화산인

한라[44]를
흔들어 움직여
충천(沖天)[45]을
불태웠다.
봉우리마다
봉화를
뿜어 올려
잡아 찢겨진
조국의
둔한 신음이
업화(業火)가 돼
흔들거리고 있다.
봉쇄된
바다에
뱀처럼
구불거리는
서치라이트를
배색해
밤을
두루 핥는

인광(燐光)으로

불꽃의

붉음이

의기양양하게

덮쳐 올랐다.

철로 된

관(棺)에

수직으로

꽂힌

오십 물 길

촉수를

불타는

경관 가운데

늙은 어부가

끌어 올린다.

감촉만으로

살아온

어부의

손바닥에

해방에

안달하며

가라앉은

맹목(盲目)의 날은

속돌 정도의

반응도 없다.

허물만 남은

자유다!

어찌

조국은

종전(終戰)과 함께만

있었던 것인가?!

자신과

조금도

상관 없는 곳에서

소생했다고 하는

조국을

모두

어찌

그리 쉽게

믿었던 것인가?!

적어도

조국은

수여 받는 것이어서는 안 된다.

짜여진

해방이

기관총

소음에

새겨진

시한폭탄

초침에

재 지고 있을 때

마구

부풀어 오른

풍선 안에서

내

조국은

폭발했다.

가항(家鄕)을

뱃바닥에

감금한 채

그저 기다리기만 하는

구획된

내가

세계로 이어지는

바다에서

탈색돼 간다.

옆으로 기울어진

선복(船腹)을

할퀴고

무지(無知)한

관에

완만한

울림을

밀어 넣은

닻돌이

지금

조용히

조부(祖父)의

손 주변으로

끌어올려진다.

닻줄에

얽힌

소년의

차가운

죽음에

말없는

합장이

활어조 덮개가

닫힐 때

아침은

둔한 무게 나뭇결의 꺼칠함에

차각차각

주름 지으며

알려온다.

4

그는

멀리서 들려오는 해조음 가운데

아침을 보았다.

눈에 꾸며진
철창을 통해
기포가 돼
부글거리는
대기의 비말을
헬멧의
단단한
촉감 가운데 알아챘다.
어수선하게
튀어 올라
끓어오르는
핍색(逼塞)한 날들을
이토록 완전한
에어포켓
성채에
부서질 때
자신의 생성이
마침내
폐어(肺魚)[46]의 부레가 돼 부풀어 오름을 알았다.
기아(飢餓)를

자유자재로

해감의

해면으로

떨쳐내

고요한 감청빛에

움쭉

실러캔스[47]의

고립된 평안이

고요히

바다 속 깊은 곳으로 처박힌다.

알알이 방울진 거품을

구슬처럼 늘어놓고

마치 극광(極光) 같은

바다의

출렁거림 속으로 내려가는

올곧게 뻗은

직선.

자체의 무게에 뻗어나가는

공기관(空氣管) 끝에서

거미줄에 걸려 매달린

번데기처럼

소생(蘇生)을 건 집념이 몸부림친다.

생계에 녹초가 된

손가락에

물갈퀴를 달고

숨을 쉬지 못하고 살아온 날들의

습관을

아가미로 바꿔

다만 그는

자유자재로 변환할 수 있는

유영을 꿈꾸고 있다.

수렁 땅을 빠져나온 이에게

이 무슨 안타까운

폐어(肺魚)의 유장(悠長)함인가!

바다 그 자체의 영유(領有)야말로

내 간절한 바람이다!

종횡무진하는

돌고래의

유동성이야말로 좋다!

아니

돌고래의 담백함으로는 어딘가 부족하지.

활력에 넘치는

강치의 욕망이다!

그렇다

강치다

강치다

아니 해마(海馬)다!

맘대로 골라잡은

여자들을

첩으로 삼고

마음 내키는 대로

벌고

낳고

놀고

민족도

종족도

알게 무어냐.

내가 내려서는 곳

그렇지!

내가 가는 그곳에

수렵물이 있으면 그걸로 됐다!

오래 전에 광산으로 바뀐

고래의 거처가 있다!

오오 신이시여

이 세상은 얼마나 근사한 곳인지요.

통째로 확 낚아챌 수 있습니다.

이제 그 수(數)가 아니라

덩어리 채로 먹을 수 있지요.

전쟁이라고는 하지만

바다 저 멀리

건너편의 일.

위(胃)를 통과한 것이

무엇으로 변하더라도

그건 알 바 아니지요.

약간의 요기조차 되지 못하고 끝나는

주형(鑄型)에서 쫓겨난

수도꼭지조차

깎여

폭탄이 되었다!

내가 먹을 수 있는 것이

어느 놈을 죽이던

먹었던 것만이

은총이다.

통째 썰까

떼어낼까.

불기둥을 세워

굽고

오그라든 놈을

먹어치웠단 말인가.

바다뱀님이

노려보면서 주위를 둘러보는

아세틸렌가스의 파란 혓바닥에

녹아떨어지는

썩은 고기의 향응!

발파가 준비 됐어—

깊이 꿰뚫는

빛과 어둠을

피워

무거운 해초에

휘감겨있는 것은

옆을 계속 보며

의기소침해 있는

귀로(歸路)다.

부스럼이

가늘게 쪼개지며

괴로운 나머지 기절하는

공동(空洞)에

여우불은

미친 듯

파묻힌 회한을

최초의 사랑처럼 북돋는다.

뾰족한 뼈 끝에서

터지고 있는

맹목의 인광(燐光)이여.

파헤쳐내야만

만날 수 있는

우리들의 해후란

도대체

어떤 용모의

혈연에 뒤틀려진 부산물인가?

섬광 가운데 사라진

출항이

다시 만난

불의 번쩍임을

어느 죽음의

뼈에

비춰 보란 말인가!

인두를 거꾸로 세워

철로 된 관마저도

벗겨내는

생계의 엄니에

감춰 덮는

어떤 죽음이

음침하게 눈을 뜨는 것이

어느 진흙탕에 있다는 것인가?!

깊어지는

바다의

두께 속을

응고된

침묵이

귀 기울여 듣는다.

일찍이

물속에 전해지는

기관총의 반향에

부서져 사라진 것은

궁지에 몰린

죽음의 항적이다!

구덩이다!

출구다!

내 먹잇감이다!

수북이 쌓인

먼지를 뿜어 올려

훔쳐본 놈의

목덜미를 홱 채갔던

뼈의 질주가

둘레를 벗어난다!

소리에 매료된

물고기 떼처럼

위도를 넘는

배가 있는 곳으로

떠오르지 않는 죽음을
확실한
고국의
고동을 향해
흩날린다.
바다의 오장육부에 삼켜진
잠수부 눈에
아침은
물러간 밤의
저녁놀처럼 붉다.
흐릿한 망막에 어른거리는 것은
삶과 죽음이 엮어낸
하나의 시체다.
도려내진
흉곽 깊은 곳을
더듬어 찾는 자신의 형상이
입을 벌린 채로
산란(散亂)하고 있다.
역광에
높이높이

감겨 올라간 원념(怨念)이

으르렁대는

샐비지 윈치에[48]

거무스름한

해저의 물방울을

떨어지게 할 때까지.

되돌아오는

거룻배를 기다리는 것은

허공에 매달린

정체 없는

귀로다.

(4)

北へ帰るということが自分にとっていかなることであるのか、が依然問われる私になった。結局自己批判もせず、〝帰国〟もしなかった。

南北朝鮮を引き裂いている分断線の三八度線は、東へ延びれば日本の新潟市の北側を通っている。本国で越えられなかった三八度線を、日本で越えるんだという発想がまず働いた。北朝鮮への帰国第一船は一九五九年末、新潟港を出航したが、長編詩「新潟」はその時点でほぼ書き上がっていた。だが、出版まではなお十年余の年月を経なくてはならなかった。表現行為の一切から逼塞させられている私には、ただただ日本に居残って暮らしている自分の〈在日〉の意味を、自ら考えて見つけださねばならない立場に立たされていわば長編詩「新潟」は、生きのびた日本で再度日本語に取り付いて暮らさなくてはならない私の、〈在日を生きる〉ことの意味を自身に問いつづけた詩集である。ゆえに私には結節

제3부

위도(緯度)가 보인다

© 위키피디아

(5)

の詩集ともなっている。

1979年冬私は意を決し、十年間持ち
づけた長編詩「新潟」を所属機関にはかる
となく世に出して、朝鮮総連からの一切の規
制をかなぐり捨てた。

とうてい母国語には移し得ないと思って
た「新潟」が、若き学究者の　民の翻
詩集によって、この度本国の（　）から出
されるという、まったくもって思いもよら
い幸運に恵まれた。初版発行から四五年も
っている旧い詩集が、慈しみ深い母国語で
って訳出されるということは、かたくなな
の日本語の詩が浄化されているようにも思
て、感銘ひとしおである。心して感謝を記し
ます。

二〇十四年　五月十日

金時鐘

1

봄은

비를 꿰뚫고 나가는

배와 같다.

눈에 묻힌

호쿠에쓰[北越][48] 지방에서

배는

바다에서 손을 잡아당긴다.

우묵한 곳을 밀어 헤치고

강어귀가

바다의 일부인 것을

알리는 것이다.

그것이 항구일 때

동선난류(東鮮暖流)[50]를 지나간 배가

차가운 계절풍을

단번에

비로 바꾸고 찾아온다.

봄이 늦는

이 땅에

배는

비에

도연히 흐린 편이 좋다.

크게 휘어진

북위 38도의

능선(稜線)을 따라

뱀밥과 같은

동포 일단이

홍건히

바다를 향에 눈뜬

니이가타 출입구에

싹트고 있다.

배와 만나기 위해

산을 넘어서까지 온

사랑이다.

희끗희끗 해진 연세에
말씀까지도
얼어붙은
어머니다.
남편이다.
현해탄의 좌우 흔들림에
쉬어 버린 것은
억지로 처넣은
콩나물
시루였다.
노골적으로
서로 엉킨
이별이
잡아 떼버릴 정도의 뿌리 수염을 떨며
희미한 불빛 아래
무리지어 있다.
이만 번의 밤과
날에 걸쳐
모든 것은 지금 이야기돼야 한다.
하늘과 땅의

앙다문 입술에 뒤얽힌 바람이

이슥한 밤에 누설한

중얼댐을.

어렴풋이

어둠을

밀어 올리고

솟아오르는 위도를

넘어오는 배가 있다.

포자(胞子)를 품은

대지의 향기에 휩싸여

환영받은 적 없는

미친한 자로서의 날들이

흘수선(吃水線)[51]에서 거품과 함께 산산이 흩어진다.

보풀이 이는 들판이여.

괭이 녹에

까마귀마저 바싹 말린

계절이여.

도성의 북쪽

거친 모래를 떠내고

감아올린 오열(嗚咽)을

천공에서 그치게 하고

단숨에

갈 곳 없는 여자가

부르는 소리마저 위협하는

눈보라여.

강남(江南)[52]이란

어느 봉우리 끝을 말하는 것인가.

알아야 하기에

채찍을 때리는 것이다.

하상(河床)의 얼음을 찢고

바퀴자국에 헐떡이는

려마(驢馬)를 다그쳐서까지

웅크리고 있는 고향을

동 트기 전에 뿌리쳤다.

몇 백 년이나

쑤셔대던 등줄기를

낫이 벗겨내고

감자의 떫은맛에 뼈가 앙상한

맨 살갗을

그런데도 벗겨내고

통째로 먹어치워도 부족한

타인의 토지에서

기원(祈願)은

허기로 물드는

향모(香茅)

잎사귀 끝에서 부르르 떤다.

마을을 부순

큰물 앞에서조차

논두렁은

말라갈 뿐이다.

황달에 너부죽 엎드린

전답을

서로간의 분쟁

늑골의 패임에

가늘게 쪼개진 갈증이

번질 때 까지

휘어 꺾인 목숨을 햇빛에 까발린 것은

국자다.

떠내기에도

쉽지 않은

물이

줄줄 흐르는

비조차

제방을 적신다.

계절이

풍물(風物)인

계절을 갖지 못할 때

수확은

말라죽기 전의

푸르름일 뿐이리라.

구름 끝에 쏟아진다는

흐름이 보고 싶다.

네이팜에 숯불이 된

마을을

고치고

완전히 타버린

코크스(해탄) 숲의

우거짐을 되살린

그 혈관 속에

다다르고 싶다.

오십 억 달러의

시혜에도

이 땅에는

습기조차 감돌지 않는다.

짓씹는

무한궤도에

산주름은

적토를 흩날려

부스럼 딱지의

처마도

N4서면[53]의

땅을 울리는 위용에 뒤덮인다.

거리는

장갑차에

포위되고

나무들의 술렁거림은

워그적대는

총이다.

수수조차 말라비틀어진

표고(標高)에서

물을 뿜는
무지개를 보았는가?!
바다를 밀어젖힌
전답이
바닷가를 갈아 뒤집어 만든
황금의 넘실거림을 말이다.
쇠약한 대지의
욱신거림에 조급해진
용수(用水)가
산을
내달린다.
격렬하게
교살하는 남(南)쪽의
끊어진 사랑에
몸부림치고
한 줄기로
대동강 수맥에 섞이는 것이다.
강철의
분노에 부글부글 끓는
수성조(塑性槽)[54]에

더운물을 담그고
찌부러뜨리는 힘이
그 어떤 단단함에 깃드는 지를
풍작인
조국의
성과(成果) 가운데
숨기고
돌아다닌다.
버드나무 산들거림에도
머무는 노래를
고향이라고 하자.
배가
강을
무너뜨리는 것이 아니고
초가지붕을 떠내려 보내는 것이
강이 아니고
집이 집이며
쏟아지는 비가
비이며
자비에 기대

사는 삶이 아닌 나라를
조국이라고 부르자.
공중에 쓸리는 포플러의
우듬지에
비쳐 보이는 햇살이
흐려질 때.
소곤거리는 단란함에
불을 붙이는 것은
장백산맥(長白山脈)을 재빨리 빠져나간
빨치산의
불이다.
칠흑 같은 어둠에
길을 제시했던
그분의 숨결에 휩싸여서
밤은
긴장한
압력계 바늘 끝에서
미동도 하지 않는다.
평온한
잠을

감싸고

공화국의

밤을 점유하고 있는 것은

힘차게 튀어 흩어지는

자기(磁氣)의

눈동자다.

갇혀 있는

위도(緯度)에

도전하는 침로(針路)로

번쩍이는 눈이

파도를 일으키며

덮쳐온다.

당신이야말로

사랑.

손.

내

유방.

매달린

품속의

틀림없는

향내.

침침한 눈에

물보라 치는 것은

바닥에서 우는

바다의

기적(汽笛)이다.

안개 속을

넘치고

끓어올라

소용돌이치는

마음이

하천에서

녹는다.

왁자지껄한

비는

수맥을

비트는

배

이물에서

흐려지면 된다.

가로막는
바다의
간격을
꿰뚫고 나간
사랑이
무너져 내리는
비에
펄럭대는
증거를
조국의
깃발이라고
생각하는 것은
더욱 좋다.
망막에
산을
씌우고
배가
육박해 온다.

2

길모퉁이를 도는 것으로

그와 나의 관계는 결정적인 것이 됐다.

두 정류장 앞에서

버스를 버린 것도

직각으로 휘어진

이 각도의 경도(硬度)를 알고 싶었기 때문이다.

이상할 정도로

뒤틀린 눈이

강철 이상의 강인함으로

본래 있던 직선으로

튀어 올랐을 때

나는 조용히

걸음을 멈추고

우선 오른손에서부터

서서히 사지수(四肢獸)로 변해 갔다.

그자식이 개이기 위해서는

그 이상의 엄니를

내가 갖지 않으면 안 된다.

적어도
개에게 당하는 인간이 아니라는 증좌로
나는 무언가를
저지르지 않으면 안 된다.
그래, 이놈을 내 카스바[55]로 유인하자!
게다가 나는 요즘 계속 공복이며
무엇보다 일본에까지 와서 궁지에 몰린 청춘에
이제 넌더리가 난다.
공복.
오직 양으로 해치워 온 나인데, 공복이 웬 말일꼬?!
저 새우등을 한 의사놈
이상한 엷은 웃음을 지어대더니 "일본인만큼 하는군!"
이라니!
젠장.
잠재성BI결핍증[56]에 의한 다발성 신경염이란,
즉 왜인지,
미즈호의 나라(瑞穗の國)[57] 백미를 과식했단 말이겠다?!
그럴지도 모르지!
내가 발육기였을 때 조선에
쌀이 없었던 것만은 사실이다.

그런데

그게 어쨌다는 것이야?

원래 육식의 습관이

우리들에게 없었던 것이 더욱 문제가 아닌가!

나는

또 다른 길모퉁이를 돌았다.

등을 돌리고

지금이라도 멈출 듯한

놈과의 거리를

좁혔다.

내게 어제까지

그곳의 길모퉁이는

내 흔적을 감추기 위해서만 존재했다.

그러므로

내 진보와 도망이라 함은

언제나 샴쌍둥이다.

어느 한쪽을 잘라내는 것은

양쪽 다 죽이는 것이 된다.

그렇지.

놈이 덮치는

지근점(至近点)에서

나도 동시에

그쪽에 뛰어들면 된다!

내 반생이

그랬던 것처럼

내 여생도

꼭 그러하리니.

내 연명은

언제나

변전(變轉)하는 찰나에 속임을 당했다.

어떤 일도 오늘

시작되지 않았다.

나는

서서히

놈과의 시점(視點)을

마주한 채

좁은 통로를 지나가기 시작했다.

놈의 보행이

멈췄다.

몸을 반쯤 젖히고 상체가 구부려졌다.

질풍에 부채질한 듯이
나는 공중제비를 돌며 외쳤다.
“개다!”
기름내 구린 봉당이
전부 일어섰다.
놈은 나를
덮치듯이
친애하는 동포에게
추궁 당했다.
실로
친애하는 동포에게!
기름과 마늘과
사람들의 훈김 가운데
나는 당연한
보수를 기다리며 말했다
“여름엔 역시 개장[犬汁]이지요……!”
사발을 바꾸던 아주머니가
의아한 듯
말끄러미 나를 봤다.
그리고 돌아보며

"아저씨 이 녀석도 개라고!"

모든 청각이

끊겨

말뚝 하나에

묶여

놈의 집요한

집념에 웅크렸다.

조건은 털끝 하나 변하지 않았다.

사지의 대부분이 꺾인 채로

놈이 무릎걸음으로 다가와서 말한다.

"외국인등록을 내보여라."

"등록을 내보여라."

"등록을 내보여라."

나는 순순히

대답하며 말했다.

출생은 북선(北鮮)이고

자란 곳은 남선(南鮮)이다.

한국은 싫고

조선은 좋다.

일본에 온 것은

그저 우연한 일이었다.

요컨대 한국에서 온 밀항선은

일본으로 갈 수밖에 없었기 때문이다.

그렇다고 해서

지금 북선으로 가고 싶지 않다.

한국에서

홀어머니가

미라 상태로 기다리고 있기 때문이다.

심지어

심지어

나는 아직

순도 높은 공화국 공민으로 탈바꿈하지 못했다——

아저씨의 적당한 장작나무가

놈의 힐문을 끝냈다.

일격(一擊),

이격(二擊),

삼격(三擊)

째가 내 정수리를 파먹었다.

울타리 같은

뒤뜰에서

창백한 일륜(日輪)이
세 개고 네 개고 미친 듯이 춤췄다.
먼 이명(耳鳴)처럼 되살아나서 오는
매미의 윙윙거림.
분명히 내가 납죽 엎드린 것은
읍내
먼지가 폴폴 나는 큰 거리다.
총개머리가 삭거(削去)한
도랑가 단면에
굵은 지렁이가
번들번들 땀을 번지르며 몸부림치고 있었다.
"이놈은 빨갱이[走狗] 중에서도 잔챙이야!"
코앞에서
유창한 조선어를 구사하고 있던 GI구두가
내 턱을
걷어찼다.
그늘을 얻은
지렁이가
내 목구멍에서 오래도록 약동(躍動)을 늦추고 있다.
"이 개는 우선 그렇지"

잔챙이구만, 우선 그렇지, 잔챙이구만, 우선 그렇지, 잔챙이…구만…

조수가 빠지듯이

시력이 멀어졌다.

이때다.

안저(眼底)에

코웃음을 오금 박은

놈이

소용돌이치는 원경(遠景) 속에서

손을 흔든 것은!

폭로한 등록증을

난반사(亂反射)에 가리고

내가 오히려 낫다고

내던진

날아온 서툰 조선어의 돌멩이에 고꾸라질 뻔한 것은

맥없이 굴복한

숙달된 내

조선이다!

3

먼지를 터니
행장 하나의
내실[58]도 없다.
어느 해에 먹었는지
종이로 만든 가짜 여우[59]에게도
뒤떨어지는
동굴이다.
용적만이
커서
선택할 가치조차 없는
잡동사니에
입을 꾹 다물고 있는 것은
팔짱을 끼고 있는
팔이다.
뭐가 있다고 하는 것이야?!
자신에 대해
자신이
배양한

일체 중
그것이
자신의 소지품이라고
으스댈 무언가가
남았다고 하는 것인가.
텅 빈 서랍 깊숙한 곳에
처박혀 있는
소녀가
있다.
갈치 비늘에
온통 처발라진
얼룩진 유리의 인광(燐光)에
둘러싸여
보물
집 보기에
여념이 없는
소녀가
퇴색한
진주를
응시하고 있다.

놈들이

팔꿈치를 뻗치는 것이다.

이 퇴적을

쓸 수 있는 세계에서야말로

네가 필요하다고

여기에

네가

머무는 한

동굴이

탈피한 껍질이라는

증명은

없다

고

의기양양한 얼굴의

그놈이

그래도 나를

빠져 나간다.

출발이

대답이 된다면

놈의 혼담(魂膽)도

하나의 결과이기는 한 것이겠지.

가장 유창해야 할

사회주의에 대해서

그 자신의 특기가

헛수고일 리가 없다.

가치를

믿는 자들을 위해

변혁한다!

파닥이는 공작원의

길 떠남에

축복이 깃드는 것도

도리가 아닌가!

꾸밈이

허식이 아니라

풍족한 삶을

채색하는 것이라면

모두

나를 계속해서 매혹하는 것이다.

마음대로

턱을 맞물린

만 톤 프레스
의
조작반(操作盤)에 빛나는
유연한
손가락.
콘크리트 블록의
촌스러운 놈조차
어쩌다가 엿본 네크리스 땀에
매달린 가벼움을
크레인의 위력에 무안해 지리라.
결정(結晶)하는
내 예지(叡智)!
모조(模造)가
모조가 아니게 되는
창조를
내가 완수한다!
일본을 손에 넣었지만
당연히
빛나는
개선(凱旋)이다!

그 풍요로움에 있어서.

생산이

소비를 악착같이 뒤쫓는

치열한

감미로움에 대해서.

매혹스러운

자본주의에

영락해 초라해진

자신의

흔들림 없는 순혈도(純血度)야말로

인정받아 마땅하다!

그저

문(門) 하나인

관문에

기를 쓰고 분발하는 의지가

재어지는 것을 참을 쏘냐!

기골 찬 가문의

전통을 달고

확인이란[60]

내

고동을 말하는 것인가 하고
가슴을 벌리고
가로 막아 섰다.
능청스러운
시선에
간파당해
묘하게
위장이 흘러내리는 것이다.
저 가쿠마키를 한 여자는
내 자신이
납득하기 위해서라고 했지만
호의로운 바리움[61]이
떠오르는 질척한 개흙을
어찌할 수 없다.
복부 그 자체가
기생충 덩어리다!
일제히
고개를 쳐든
심사관.
그저 숨기만 하는

나야말로 내놓아야 한다고
폭로된 심부를 들이대며
캐묻는다.
하지만 결코
이것은 의지가 아니다.
쫓겨서
엎드려 기어간
못자리의
보복이다!
게다가 견뎌낸 세월의
일그러짐이야말로 바로잡아 달라!
"어차피 돌아가지 못하지."
눌러 붙은
후두부의 조소에
뒤돌아보자
이놈!
개와 착각한
그녀석이 아니냐!
"가능한 확인이라도 받으라고"
아주

유유히
어깨를 두드리고 나갔다.
아뿔싸!
이 막다른 순간에 쑤셔대는 마음이 토로해 낸 것을
폭로하다니!
그 무슨 비열함이냐.
나야말로
틀림없는
북의 직계다!
포구에 사는 조부에게 물어보라고——.
"조부?"
의심 많은 턱에
수염이 길게 자라있다!
접니다!
종손 시종(時鐘)입니다!
부르짖음이
하나의 형태를 갖추고 떨어지는 순간이
이 세상에는 있다.
"내 손자라면 산에 갔어.

총을 쥐고 말이지……"

냉담한

그 일별(一瞥).

아아

육친조차

내 생성의 투쟁을 모른다!

그 조국이

총을 들 수 있는

나를 위해 필요하다!

"확실히 의지 탓은 아니지요

조금씩 나오는 것도 촌충(寸蟲)에겐 흔한 일이지요."

무슨 일이냐 이게!

이래선 빈털터리 쪽이 훨씬 낫다는 것이냐?!

가능한 한 보기 좋게 했던

꾸밈만이

내

실속이라니!

갈퀴에 겨루는

팔꿈치가

만국기처럼 화려한 나들이옷을

쥐어뜯는다.

울적한 듯이 올려다보기만 하는

소녀에게

위축 당해

마침내 나는

자백했던 것이다.

놈이 기를 쓰고 일어서려고 할 정도로

그리 좋은 술수를 갖추고 있었던 것도 아니라고

야점(夜店)에서 말한 것을 실현한 것은

오히려

갓 없는 전구에 모여든 중생(衆生)들이라고.

본래

위조품이

남아도는 나라에서

부서지는 것이 어떻다고 하는 것인가?!

금리의 귀신

월부조차

화려한 사랑을

알선한다.

실체마저도

만들어서

레디메이드에

맞추는 것이야.

그래서 나는

사치가

싫다.

늘 날씬하게

빼빼 마르는 것이다.

염가의 날들이

있었기에

쓸모를 바꾸는 것도

장기라는 것.

내가 교묘하게 가로채는

전리품을 위해서는

손쉽게 일본명(통명)을 꿰매고

진탄(仁丹)[60] 하나를

입에 머금으면 된다.

모든 것이 즉석.

솔직히 내게 부족한 것은 없었다.

자기 소재의

형편이 좋지 못함에
가장하는 날들을 괴로워한 것은
오히려 강건함을 자랑했던
그놈이다.
식은땀 오한에 가위눌린 끝에
나라에 다다르는 놈의 출발 말이다.
그 그놈에게
축하를 한다니!
버려진 나를
버린 다는 것인가?!
평온에 압도당해
안일에 익숙해진
야합의 삶이
주사위의 눈에 산개하는 연화(煙火)의 도박을
변혁이라고 부르면 헛된 것인가.
주사위 숫자에 불꽃 튀기는 내기를
변혁이라 불러서는 원수가 되는 것이냐.
밤을 찌르고
가슴 속을 바람이 소용돌이친다.
너무나도 무지한 전설을

자기 자신이 받아들인

무구(無垢)한 뮤즈의 짓거리 때문이다.

머지않아 나는

희유(稀有) 가스가 사라진 네온에

사로잡힌 빛의

속임수를 알게 되겠지.

눈동자가 제 아무리 확실한 것이라 하여도

나날이 어두워서 많은 것을 바꾼다.

기념비라 함은

도쿄타워의 높이이거나

그런데도 푸른 하늘은

잡아당겨 넘어뜨려진 동상의

깨진 이마만을 엿보거나

원경(遠景)에 익숙해진 눈에

자신은 굉장히 먼 존재가 되는 것이다.

나는 이미

그 거리(距離)를 알지 못한다.

놈의 오만한

사상 안에서는

모든 것이

줌렌즈의
초점 가운데 있다.
가만히 앉아서
점(点)에 불과한
자기 자신을
자기 풍경의 서 있는 모습 가운데서 육박해 왔다.
내가 나일 수 있는
방법은 하나.
생애를
표리(表裏) 관계로
결합돼
우쭐해 하는 놈의
철저한 부담이
나라고 하는 것.
놈보다도 조금
내가 무겁고
웅크리지 않으면
안절부절못하는 높이에
버티고 있는 내가 있고
다른 사람들 반의 노동에

배나 되는 피곤함에 구역질을 해대는
그러한 불손함을 잔뜩 몸에 익히는 것이다.
팔꿈치가
굽혀지지 않아
눈을 치켜 올린다.
옳지 됐다는 듯이
놈이 얼굴을 내밀고
빼앗아 벗겨낸 소녀의
두 팔에
수요의 정도가
값어치라고
시계 네 개를 채운다.
내가 내준
비취옥 등으로
어머니까지 속이는
상품과
다투는 갈퀴가
빼앗은 것이다.
딸이여.
내가

윤을 낸
단 하나의 것이었단다.
진가가 어떻다 해도
내가 바친 모든 것이란다.
수요의 정도를
눈여겨본
귀국 짐삯이라니 가혹하다.
주위에서 꿰뚫어보는
엎친 데 덮친 격으로
부채는 점점 더
격화된다.
희소가치의 인플레가
사회주의 조국에 있다니!
내가 뭐라고 했던가.
이익을 생각해서야말로
끝까지 버티는 것이다.
여기에 머무르는 허물이
틀림없이 네놈
그 자신이라고
그저 숨기기만 하는

안쪽의

내 허물에

쥐어뜯긴 소녀의

언어 조각이 흩어져 있다.

텅 빈

방

짐 없는 행장에

아내의 손에 닿는 느낌에 접혀진

행방불명된

내가 있다.

4

지평에 깃든

하나의

바람을 위해

많은 노래가 울리고 있다.

서로를 탐하는

금속의

화합처럼

개펄을
그득 채우는
밀물이 있다.
돌 하나의
목마름 위에
천 개의 파도가
허물어진다.
새가 물수제비를
뜨기 위해서
구름마저 피우는
일모가 있으며
부화한
병아리의
부리를
살그머니 쪼는 사랑이 옹지기도 하다.
말 이전의
하나의 말에
가슴의 멍울에
떨리는 목구멍에
먼지투성이인

연륜을

보고 있기만 하는

판자 울타리가 있다.

많은 거리의

많은 골목길에서

새 둥우리 상자 하나가

불러일으키는

가둬둔 창문의

날개소리를 아는가?!

내리꽂는

손가락의

말뚝에 가로막힌

그저 눈금 하나의

파장의

번민을.

억지로 처넣은

하나의

스위치에 대한 것을.

촉수에 터지는

전파라면

수풀의 깊이를 믿어보자.
지붕이라는 지붕에
내세운
말라비틀어진 소리의
흰 묘표(墓標)를
안테나라고는 말하지 말아주시게.
이처럼 많은
자기(磁氣)의 부르짖음이
피터코일에
넘쳐나더라도
나줘져 그어지는
대기의 충격은
코털이 응대하는 숨구멍에만
익숙해진 목숨을
사육하는 것이다.
바싹 마른 땀이
소금기를 만드는
대낮.
마이크로웨이브에
들러붙어 있는

그것은

한 마리의

벙어리매미다.

귀를 갖지 못한 눈에

그림자를 바림하는 것은

애가 타는 신경이며

소리가 소리가 되지 못하는 세계에서

떨고 있는 것은

정지한 증오의

응시하고 있는

눈동자다.

도심에

대오를 짜더라도

이미

거리는

부르짖음을 갖지 못하고

대오는

바라보기만 하는

풍경 안에서

적의에 노출된

표적이 된다.

일본의

길이라고 하는 모든 길.

다리라고 하는 모든

다리.

밤새워

하수관에

매장된

현기증.

울혈된 토사가 가득 찬

거리를

시혜에 휩싸여

소원이 아니기 위해서

푸르스름한 쓰라림이

몰아대는

삐걱대는 척골의 응어리가 있다.

누구에게 허락을 받고

돌아가지 않으면 안 되는 나라인가.

적출하는 만큼의

안벽(岸壁)에

설치한 그대로 떠나는 것은
정체된 화물로
전락한
귀국이
내게
있다는 것이냐.
마구
소리도 없이
블록으로 지은
성이
허물어진다.
깎아지르는 듯한 위도의 낭떠러지에서
굴러 떨어져
평온하게
깔려 쌓여가는
나락의 날들을
또다시 구불어지기 시작하는 것은
빈모질(貧毛質)의 꿈틀거림이다.
자신의 부채 그것에만
길게 숨을 쉬고 있는

음탕하게

자족하는

얇은 잠이

기화(氣化)한 태양의

부풀어 오른 종이풍선에 자욱이 낀다.

빛 따위는

지상 어느 곳인가 비추고 있으면 그만이다!

바람 가운데 있는 것이

기원이라면

우러러보지 못하는 태양이야말로

내 최고의 풍경이다.

번데기를 꿈꿨던

지렁이의 입정(入定)[63]이

한밤중.

매미 허물에 틀어박히기 시작한다.

쌀쌀한 응시에

둘러싸여

스며드는 체액이 다 마를 때까지

멀리서 반짝이는

눈부심에

몸을 비튼다.

너무나도

동떨어진 소생이

골목길 뒤편의 새둥우리 상자에 넘쳐난다.

우회한

위도의

용이함에

다다르기만 하는 잔교(棧橋)를

다만 흔들리고 있는 결별처럼.

니이가타에 쏟아지는

햇볕이 있다.

바람[風]이 있다.

산더미 같은

눈에 폐쇄된 계절의

두절되기 쉬운 길이 있다.

뒤섞인 전파에조차

비어져 나오기만 하는

내 귀국을

적어도

선창에 설 정도의

다리는 되게 해달라.

눈꺼풀에 부딪쳐

부서지는 파도에

난비(亂飛)하는 지평의

새를 보자.

해구(海溝)에서 기어 올라온

균열이

궁벽한

니이가타

시에

나를 멈춰 세운다.

불길한 위도는

금강산 벼랑 끝에서 끊어져 있기에

이것은

아무도 모른다.

나를 빠져나간

모든 것이 떠났다.

망망히 번지는 바다를

한 사내가

걷고 있다.

원주 및 옮긴이 주석

| 일러두기 |

* 원주 표시 이외는 모두 옮긴이 주이다.

1부 간기(雁木)의 노래

1 고카이

원형동물의 일종. 원문은 ホラアナゴカイ. 이 종은 Nerillida에 가까우며 갯지렁이나 지렁이를 포함하는 동물군이다. 주로 바다에 서식하지만, 담수나 육상에도 널리 분포돼 있고 세계적으로 7700종이 있다.

2 …꽉 쥐는 것이다

해방됐다고 믿은 나라에 미 점령군 군정이 들어서게 된다. 그들(미군, 미국)은 권력을 잡았기 때문에, 주인이 바뀌듯이 구태의연한 체제로 돌아가게 된다. 친일파의 부활, 자기의 내부를 성찰하려 하지 않는 '해방'의 실태를 말한다. (김시종 시인이 역자에게 보낸 편지(2014.4) 중에서.)

3 반원형

원문은 'かまぼこ型'로 목판에 붙인 어묵 모양으로 가운데가 불룩 솟은 꼴을 의미한다.

4 푸트라이트

footlight. 각광.

5 광감세포(光感細胞)

지렁이는 시세포가 몸 바깥에 분포돼 있어 명암만을 인지 가능함.

6 환형(環形)운동

시인이 만든 신조어.

7 신관(信管)

폭탄 등을 폭발시키기 위해 탄두나 탄저에 붙이는 장치.

8 내장(內障)

'내장안(內障眼)'의 준말. 불교에서 쓰이는 말로 마음속 번뇌의 장애.

9 오야코[親子] 폭탄

현재 군사 용어로는 클러스터폭탄이다. 이 '오야코 폭탄'은 1951년 12월 16일

일본 오사카에서 일어난 '오야코 폭탄 사건'을 상기시킨다. 이 사건은 6·25 당시 일본 경제가 특수 경기로 클러스터 폭탄을 제조하던 중 조선인이 사망하자, 이를 계기로 재일조선인이 폭탄제조 공장 및 경찰서 등을 습격했다.

10 고마쓰[小松] 제작소

1921년 설립. 6·25 때 함포를 생산해서 유엔군에 제공했다.

11 묶은

"つきあい"는 "서로 부딪치다" 혹은 "사귀다" 등의 뜻도 있다. 중층적인 시어로 해석 할 수 있다.

12 럭스

조명도를 나타내는 단위.

13 안남인(安南人)

안남은 베트남 중부에 위치해 있다. 고무는 베트남의 주요 생산물이다.

14 바람질

그러데이션. 동양화의 원근, 요철을 나타내기 위한 색 바림질.

15 혼초[本町]

오사카부 스이타시내혼초(吹田市內本町)로 추정.

16 장카타르

장염. 장점막의 염증.

17 여동(女同)

원주: 재일조선인여성동맹의 약칭.

18 스이타[吹田]

원주: 스이타 피고-1952년 6월 25일. 6·25전쟁과 미군의 군수물자 수송에 반대하는 데모대가 경관 부대와 충돌한 스이타 사건 피고를 칭한다. 사건 발생 후 10년이 넘게 지나, 1968년에 결심이 이뤄졌는데, 이 시집이 나온 1970년에 5인은 상고, 계쟁(係爭) 중에 있었다. 장기 재판으로 인해 피고단의 대부분이 회색 청춘을 보냈고, 그 가운데는 자살한 사람도 있다.

19 저변(底邊)

'자기'를 근본적으로 규정하는 사회・역사적 환경.

20 소상(塑像)

찰흙, 석고 등으로 만든 상.

21 천연가스 홀더

니이가타에는 천연가스가 대량으로 매장돼 있어서, 일제 때부터 자원으로 활용됐다.

22 홍적세(洪積世)

플라이스토세(Pleistocene)로 신생대의 마지막 단계를 칭한다. 흔히 "빙하시대(氷河時代)"라고 불리기도 한다.

23 포사 마그나

포사 마그나(Fossa Magna)는 커다랗게 갈라진 틈이란 뜻이다. 이것에 의해 일본은 동북 일본과 서남 일본으로 나뉜다. 화산대가 아래에 있다.

24 히메가와(姬川)

니이가타현 서단, 이토이가와시(糸魚川市) 중앙을 흐르는 강. 일본 열도의 이음매로 불리는 포사 마그나 계곡에 연해 현의 경계 산지를 협록으로 횡단해 일본해에 강물이 흘러 들어간다.

25 그린터프

green tuff. 일본에서 나오는 중신세(中新世) 화산 활동으로 나온 두꺼운 지층에 대해 칭하는 말. 녹니석화 작용으로 지질이 녹색을 띤 부분이 많은 것이 특징이다.

26 간기(雁木)길

적설량이 많은 니이가타 현 등에서 적설 중에도 보행자의 통행을 확보하기 위해 고안해낸 것이다. 기러기의 행렬처럼 들쭉날쭉한 요철(凹凸)이 양쪽에 있는 것이 특징이다.

27 가쿠마키

かくまき. 일본 동북(東北)에서 사각 모포를 삼각형으로 접어서 어깨에서부터 발목까지 덮는 여성용 솥.

28 신시나노가와[新信濃川]

에치고(越後) 평야 중앙을 관류하는 시나노가와 상류에 만들어진 분수(分水)를 말한다.

29 테라도마리[寺泊]

니이가타현 중부 일본 해안에 있는 항구 마을.

2부 해명(海鳴) 속을

30 환목선(丸木船)

독목주(獨木舟). 큰 통나무를 파내서 만든 배. 인류가 태고 적에 사용하던 배 형태의 하나이다.

31 수면마저도

眠り는 누에잠이라는 뜻도 있다. 누에가 탈피하기 전에 뽕을 잠시 안 먹는 일.

32 초열지옥(焦熱地獄)

불교 용어. 살인, 도난 등의 죄를 지은 자가 빠진다는 지옥이다.

33 낙지 항아리

蛸壺. 어부가 문어나 낙지를 잡는 항아리.

34 마이즈루만(舞鶴湾)

교토 북구, '니혼카이(日本海)'에 면한 만.

35 우키시마마루(浮島丸)

일본의 패전 직후 조선인을 태운 운송선(원래는 군용선)이 3735명의 조선인 노무자, 군인, 군속을 태우고 아오모리현 오미나토(大湊)를 출항해 부산을 향해 가다, 보급을 위해 마이즈루 앞바다에 배를 세웠다가, 8월 24일 오후 시한폭탄에 의해 침몰됐다.

36 유목(流木)

산에서 벌목해 띄워 흘려보내는 나무.

37 …선조를 / 이었다

조부와는 어린 시절 떨어져서 자랐기 때문에 소년 시절 기억 속 조부의 모습. (김시종 시인이 역자에게 보낸 편지(2014.4) 중에서.)

38 셔먼호

원주: 1866년 8월 미국의 모험 상인 프레스턴은 대포 2문과 많은 연발 소총으로 무장한 해적선 제너럴셔먼호를 대동강에 침입시켜, 평양 근방의 고대 왕릉에 잠들어 있는 금은재보(金銀財寶) 발굴과 무역 개항을 강압적으로 요구하고, 무기를 이용해 납치, 폭행 약탈을 제멋대로 했다. 이 불법침입에 성난 대동강 연안 주민은, 제네럴셔먼호를 불태워 단죄했다. 하지만, 이 사건은 그 후(1868년) 미국 정부가 손해배상 요구를 하는 구실이 됐다. 전권을 부여받은 아시아함대 사령관 로저스는 나가사키에서 편성된 5척으로 이뤄진 원정 함대를 끌고 강화도에 침입, 초지진(草芝鎭), 광성진(廣城鎭) 요새를 점령하기에 이르렀다.

39 닻돌

나무로 만든 가벼운 닻을 물속에 잘 가라앉히기 위하여 매다는 돌.

40 활어조(活魚槽)

生簀. 물고기를 가두어 살려두는 곳.

41 식용토끼(베르지안)

한반도는 토끼와 닮은 지형으로 미군정하의 남조선을 말한다. 베르지안은 식용토끼. (김시종 시인이 역자에게 보낸 편지(2014.4) 중에서.)

42 오월

원주: 1948년 5월 9일 강행된 '남조선'의 단독선거는, 미국의 강권에 의한 "UN임시조선위원회감시하"의 폭력이었다. 하지만, 조국이 영구히 분열되는

것에 항거하는 전 민중의 항쟁은 격렬히 달아올랐다. 특히 같은 해 4월 3일, 불길을 올린 제주도인민봉기사건은 진압까지 2년여가 걸렸다. 미군 지원하의 전근대적인 대살육은 너무나도 무시무시한 극단성(한 명의 적색 용의자를 잡기 위해, 마을 전체를 불태우는 등의) 때문에 이승만 정권 군내부에서도 반란이 일어났다. 덧붙여서, 이때 한국경찰과 군은 군정장관인 딘 장군 직속 통제하에 있었다. 이때 학살된 제주도민의 수는 7만 3천명을 넘어섰고, 섬 내 5만 7천 가옥 가운데 그 반수를 넘는 2만 8천 가구가 완전히 불태워졌다.

43 젠킨스

원주 : 1865년 당시의 샹하이 미국 영사관 관원. 제네럴셔먼호가 실패한 이후, 미국 정부는 1868년 젠킨스에게 임무를 맡겼다. 그는 조선 민족의 선조 숭배 풍습을 역으로 이용해서 남연군(南延君, 흥선대원군의 부친) 묘를 도굴했다. 그리고 그 유골을 교섭의 도구로 삼아, 대원군에게 미국의 요구를 듣게 하려고 했다.

44 한라

한라산. 달걀형의 제주도를 종으로 경사진 들판을 펼치고 솟아있는 표고 1590미터의 구 화산.

45 충천(沖天)

하늘에 닿을 정도의 높이.

46 폐어(肺魚)

아가미 외에 부레로 산소를 호흡하는 담수어.

47 실러캔스

백악기 이래 멸종되었다고 여겨졌던 경골(硬骨) 어류. 1938년 남아프리카 앞 동남부 해안에서 발견됐다.

48 샐비지 윈치

샐비지는 해난 구조 작업. 윈치는 권양기.

3부 위도(緯度)가 보인다

49 호쿠에쓰[北越]

일반적으로 에치고(越後, 현재의 니이가타현)와 에치젠(越前, 현재의 도야마현).

50 동선난류(東鮮暖流)

동해 해류.

51 흘수선(吃水線)

선체가 물에 잠기는 한계선.

52 강남(江南)

원주: 1년 중 항상 봄이라고 여겨지는 전설상의 이상향.

53 N4셔먼

M4 SHERMAN 전차의 오식인듯 하다.

54 수성조(塑性槽)

수성은 가소성(可塑性)을 말한다.

55 카스바

알제리의 원주민 거주 지구. 미로처럼 길이 얽혀 있는 것이 특징이다.

56 잠재성BI결핍증

각기병.

57 미즈호의 나라(瑞穗の國)

일본의 미칭(美称).

58 내실

실체. 역사적인 것, 비가시화 되어 버린 존재성.

59 종이로 만든 가짜 여우

張子の狐. 종이 여우. 보통은 "張子の虎", 죽 틀에 종이를 여러 겹 붙여서 말린 뒤 그 틀을 빼내 만든 물건. 종이 호랑이로 쓰인다. 관용 어구로는 종이 호랑이라는 말로 조롱하는 의미도 있다.

60 확인이란

'귀국' 의사 확인.

61 바리움

barium. 원자 번호 56. 렌트겐 촬영에 이용된다.

62 진탄(仁丹)

모리시타진탄[森下仁丹] 주식회사로 오사카에 본사를 둔 의약품 제조기업의 약칭이다. 여기서는 구강청정제를 말한다.

63 입정(入定)

불교. 선정(禪定)에 들어가는 것을 말함.

김시종 시인 연보

김시종 시인 연보

1929년 12월 8일 함경남도 원산에서 아버지 김찬국, 어머니 김연춘 사이의 외아들로 출생. 황군(皇軍) 소년이 되는 것을 갈망하는 소년 시절을 보냄.

1935년 제주도로 이주. 이 무렵 보통 학교에 입학.

1936년 원산에 있는 할아버지 집에 일시적으로 맡겨짐.

1938년 아버지의 책장에서 세계문학 관련 서적을 열중해서 읽기 시작함.

1942년 광주의 중학교에 입학.

1945년 제주도에서 해방을 맞이함. 제주도 인민위원회에서 활동을 개시하는 등 민족사를 재응시하고 운동에 투신.

1947년 남조선노동당 예비위원으로 입당. 이후, 빨치산으로 활동 시작.

1948년 5월 '우편국사건' 실패 후, 병원 등에서 숨어 지냄.

1949년 5월 일본으로 밀항.

1950년 4월 일본공산당에 입당. 5월에 발표한 「꿈같은 일(夢みたいなこと)」을 오노 토자부로(小野十三郎)가 좋은 시라고 평가하면서 둘 사이의 교류가 시작된 것으로 보임. 김시종에게 '서정'이란 무엇인가라는 문제는 오노 토자부로의 시론과 밀접히 연관됨.

1951년 『조선평론(朝鮮評論)』 2호부터 편집에 참가. '민족학교' 탄압에 대항하는 운동에 참여. 김석범, 김달수와의 교류 시작.

1952년 6월 스이타 사건 데모에 목숨을 걸고 참여.

1953년 2월 『진달래(ヂンダレ)』 창간. 12월 무렵 정인(鄭仁)과 교류 시작.

1954년 장티프스로 입원 중에 일본 시인(구로다 기오[黑田喜夫]) 및 양석일 등과 교류.

1955년 12월 시집 『지평선(地平線)』 발간. 서문 오노 토자부로.

1956년 5월 『진달래』(15호) '김시종 특집' 발간. 11월 『진달래』 회원 강순희와 결혼.

1957년 8월 조선총련으로부터 『진달래』에 발표한 시와 평론에 대해 조직적 정치적 비판을 받음. 11월 시집 『일본풍토기(日本風土記)』 발간.

1958년 6월 『진달래』(20호) 종간.

1959년 양석일, 정인 등과 '카리온의 모임(カリオンの會)' 결성. 6월 『카리온(カリオン)』 창간. 『장편시집 니이가타(長篇詩集 新潟)』 원고를 완성하지만 조선총련과의 갈등으로 1970년까지 원고를 금고에 보관.

1961년 일본공산당 이탈.

1964년 7월 조선총련에 의한 '통일시범(統一試範, 소련의 '수정주의'를 규탄하고, 김일성의 자주적 유일사상을 추장)'을 유일하게 거부.

1965년 6월 '통일시범' 거부 문제로 조선총련 문예동 오사카 지부 사무국장 자리에서 물러남. '진달래 비판'이 되풀이 되면서 총련 조직과의 모든 관계가 끊어짐.

1966년 7월 오노 토자부로의 추천으로 '오사카문학학교' 강사 생활 시작.

1970년 8월 『장편시집 니이가타(長篇詩集 新潟)』 발간. 해설 오노 토자부로.

1971년 2월 시즈오카 지방재판소에서 김희로 공판 증인으로 출석.

1973년 9월 효고현립 미나토가와 고등학교(兵庫縣立湊川高等學校) 교원이 됨. 일본 교육 역사상 최초로 조선어가 공립고교에서 정규 과목에 편성됨. 피차별부락 학생 등이 다니는 이 학교에 처음 부임하던 날 한 학생이 김시종에게 "조선으로 돌아가라"라고 하는 등 항의. 이후, 학생들과 가슴 깊은 곳에서부터 서로 교류하기 시작함. 이때의 경험은 추후 에세이 등에 담김.

1974년 8월 김지하와 '민청학련' 사건 관계자의 즉시 석방을 요구하고, 한국의 군사재판을 규탄하는 집회에 출석해서 '김지하의 시에 대해서'를 보고.

1978년 10월 『이카이노시집(猪飼野詩集)』 발간.

1983년 11월 광주민주화 운동에서 촉발된 『광주시편(光州詩片)』 발간.

1986년 5월 『'재일'의 틈에서(「在日」のはざまで)』 발간. 제40회 마이니치 출판문화상 수상.

1992년 『원야의 시(原野の詩)』로 제25회 오구마 히데오 상(小熊秀雄賞) 특별상 수상.

1998년 김대중 정부의 특별조치로 1949년 5월 이후 처음으로 한국에 입국. 제주도에서 부모님 묘소 성묘.

1999년 9월 『화석의 여름(化石の夏)』 발간.

2001년 11월 김석범과 함께 『왜 계속 써 왔는가, 왜 침묵해 왔는가 : 제주도 4·3사건의 기억과 문학(なぜ書きつづけてきたか・なぜ沈默してきたか: 濟州島四・三事件の記憶と文學)』 발간.

2004년 1월 윤동주 시를 번역해 『하늘과 바람과 별과 시(空と風と星と詩)』로 출간. 10월 『내 삶과 시(わが生と詩』 발간.

2005년 8월 『경계의 시(境界の詩)』 발간.

2007년 11월 『재역 조선시집(再譯 朝鮮詩集)』 발간.

2010년 2월 『잃어버린 계절(失くした季節)』 발간.

2011년 『잃어버린 계절』로 제41회 다카미 준 상(高見順賞) 수상.

2014년 5월 제주도를 방문해서 4・3항쟁과 자신의 시에 대해 강연.

※ 위 연보는 아래 두 자료를 중심으로 기타 자료(영상 자료 포함)를 참조해서 작성했음을 밝혀둔다.

1. 오세종(吳世宗), 『리듬과 서정의 시학 : 김시종 『장편시집 니이가타(長篇詩集 新潟)』의 시적언어를 중심으로(リズムと抒情の詩學 : 金時鐘『長篇詩集 新潟』の詩的言語を中心に)』(一橋大學博士論文, 2009.9)
2. 노구치 토요코(野口豊子), 「김시종 연보(金時鐘年譜)」, 『원야의 시: 1955～1988(原野の詩 : 1955～1988 集成詩集)』(立風書房, 1991.11)

『장편시집 니이가타』 출판에 즈음해서

오노 토자부로(小野十三郎)

김시종에게서 『장편시집 니이가타』라는 장시에 대한 구상을 10년 전에 들었다. 그 시점에 이미 작품으로서도 거의 완결돼 있었던 것 같다. 지금 이 시집 한 권을 손에 펼쳐들고 드는 생각은, 김 군이 이 시의 테마를 그 후 10년이라는 세월 동안 일어난 내외 정황의 경과와 그와 관련된 인간의 존재의식 가운데서, 계속 소중히 간직해 왔었다는 점이다.

읽기 시작해 시간이 지나자 내 머릿속에 떠오른 것은 칠레 시인 파블로 네루다가 쓴 3백행이 넘는 장편시 『나무꾼이여, 눈을 떠라』이다. 네루다의 시는 수년 전에 망명지 소비에트에서 죽은 터키 시인, 나짐 히크메트의 시집과 함께 레닌 문학상을 수상했다. 『장편시집 니이가타』는 네루다의 이 시집과 그 호흡 긴 읊조림이 유사하다. 또한, 『나무꾼이여, 눈을 떠라』가 남미 및 북미 대륙에 걸친, 인민의 아메리카와 제국주의 아메리카, 이 두 아메리카를 생각하며 쓰였다고 한다면, 『장편시집 니이가타』는 '북한'과 한국이라는 이 또한 두 개의 조선이 시야에 있다는 점에서 공통된 점이 있다. 이처럼 노래하는 듯한 읊조림도 상황

파악의 방식도 비슷하다. 하지만 그 발상을 전개하는 방식은 완전히 다르다고 할 수 있다. 김 군이 일본에서 자란 재일조선공민이라는 것을 생각하면 당연한 일이지만, 이 시인에게는 네루다가 아메리카를 노래하는 것처럼 거시적으로 두 개의 조선을 부를 수 없는 사정이 있다고 봐야 할 것이다. 『장편시집 니이가타』의 다이내믹한 언어구조공간(틀림없이 일본어로 쓰인)이 나를 끌어당기는 것은, 칠레의 혁명적 시인 파블로 네루다의 대작을 읽고서도 느낄 수 없었던 무언가에 의해 찢겨진 고삽에 가득 찬 인간의 표정 때문이다. 여기에는, 두들겨 맞거나, 발로 차이는 실감조차 그대로 독자에게 전달돼 올 정도의 촉감, 후각이 동반돼, 오감을 숨김없이 노출한 인간이 작품 속에서 행동하고 있다. 게다가 그 행동의 배후에는 오랜 세월 이 시인과 친교를 맺어왔던 내게도 헤아릴 수 없는 굴절과 의식 아래의 것을 감싸고 있는 어두운 이미지가 충만해 있다. 인간의 희망을 돋우는 근원을 직설적으로 밝게 노래하는 시가 아닌 것만은 분명하다.

그런데도 "나야말로 / 틀림없는 / 북의 직계다!"라는 시인의 절규가 울림을 갖고, 지금 다시 내 체내에 머물러 있는 것은 어째서인가. 그런데도가 아니라, 그렇기에라고 다시 고쳐 말한다면, 세상에 흔한 혁명적 시에는 없는 강렬한 충격적인 힘을 갖은 시집 『니이가타』가 지닌 구조의 심부에 다소간 접근할 수 있을 것이다. 내 벗, 김시종이 갈 길은 앞으로 더욱 험하다.

1970년 2월

옮긴이 후기

김시종 『장편시집 니이가타』의 한국어 완역은 출간(1970)으로부터 45년 만이고, 집필(1959년 전후)로부터는 반세기를 넘어서 나오게 됐다. 이 시집에는 일제 강점기부터 4·3항쟁, 밀항, 6·25, '귀국사업(북송사업)'에 이르는 역사적 시공간이 "다이내믹한 언어구조공간"(오노 토자부로) 가운데 펼쳐진다. 이 시는 시적 화자가 '탈바꿈/변신' 해가며 역사적 시공간을 넘어서려는 '주체'의 모색 과정을 찢겨진 존재들의 역사적/비극적 행로를 통해 형상화 하고 있다. 이를 통해 '역사의 끊어진 길'을 돌파해 "숙명의 위도"를 온몸으로 넘어서려는 시인의 '아름다운' 분투가 펼쳐진다.

이 시집에는 크게 두 가지 특징이 있다. 첫째, 이 시집은 일본어로 쓰여진 그리 많지 않은 장편시집 가운데 하나로 일본 작가들의 '서정' 의식과는 매우 다른 시적 세계를 보여준다. 김시종 시인에게 '서정(抒情)'이란 무엇인가라는 문제는 '타자(他者)' 인식 및 그의 사상과 밀접하게 결부된다. 한 가지 확실한 것은 시인이 "일본적 서정"(오세종)에 편입되지 않는 '서정'을 이 시집에서 펼쳐 보이고 있다는 점이다. 시인은 일본 근대의 '서정' 인식이 "인간을 아름답게 보이게 하지만, 큰 틀에서 보자면 사람을 훼손하는 것에 힘을 빌려주고 있다"며, "타자와의 겹쳐짐을 전혀 생각하지"(『논조(論調) (특집 김시종)』 대담 중에서, 2013) 않는다고 비판한다. 이 시집에는 '타자'와의 겹쳐짐을 인식한 인간 회복의 '서정'이 담겨있다. 둘째는, 시인이 일본어를 자명한 것으로 인정하는 것이 아니라, 갈등 관계로 인식해 마치 "못으로 벽을 긁는 것"같은 울림을 갖는 이언어(異言語)를 구사하고 있다는 점이다. 시인은 이러한 일본어를 통한 작품 활동을 "일본어에 대한 복수"라고 명명하고 있다. 하지만, 시인이 밝히고 있듯 '복수'란 적대적인 관계를 만들어 내는 것이 아닌, "민족적 경험을 일본어라는 광장에서 서로 나누는" 것, 즉 상생적인 것이다.

이 시집의 번역은 2013년 가을부터 진행돼 2014년 1월에 초벌이 나왔다. 김사량에 대한 박사논문을 쓰면서, 주변에서 조언을 구하며 번역을 진행했다. 하지만, 10년 간 습득한 내 일본어로는 이 시집의 무게와 깊이를 감당하기란 쉬운 일이 아니었다. 특히, 오무라 마스오(大村益夫) 선생님과 사모님(大村秋子), 그리고 오세종(吳世宗) 선생님의 큰 도움을 얻었다. 저자(시인)에게도 한 차례 편지를 보내 미해결 부분에 대한 답변을 얻는 호사를 누렸다. 이 시집에 쓰인 사진을 보내주신 후지이시 다카요(藤石貴代) 선생님 및 조성봉 다큐멘터리 감독님에게도 감사 인사를 전한다.

5월 말 제주도 모임에서 김시종 시인을 다시 뵐 수 있다는 생각에 감회가 새롭다. 내가 김시종 시인을 처음 뵌 것은 2007년 2월 8일 오사카 이쿠노에서였다. 민족문학연구소 주최로 열린 모임에서 김시종 시인은 네 시간이 넘게 자신의 삶과 문학에 대해 설명해 주셨다. 그 자리에서 내가 윤동주의 '서시'를 낭독하게 됐는데, 김시종 시인이 지금까지도 그걸 기억하고 있다고 했다. 그 첫 만남으로부터 7년이 넘어서 김시종 시인의 시집 가운데 한 권을 완역하게 된 것은 김사랑을 처음 알고 전율했던 것만큼이나 놀라운 경험이다. 이 '만남'이 또 한 번, 내 인생의 궤적을 바꿔놓을 것이란 예감이 든다.

끝으로 이 시집의 제목이기도 한 일본의 지명 '新潟'를 '니가타'로 해야 할지, '니이가타'로 해야 할 것인가 끝까지 고민했다. 외래어 표기법에 장음을 표기할 길이 없는 한국어 표기법을 잘 알고 있지만, '니가타'로 표기하면 시의 어감 및 리듬 자체가 달라지기 때문이다. 그럼에도 불구하고 초고에서는 '니이가타'였다가 초교에서 '니가타'로 바뀌게 된 것은 '니이가타'로 하면 '니-가타'가 아니라 '니 · 이 · 가 · 타'로 음 하나 하나가 분절돼 발음될 우려가 있었기 때문이다. 최종고가 나오기 직전 김시종 시인으로부터 "니이가타"로 해달라는 요망을 받았다. 이 시집의 제목이 마지막 순간에 『장편시집 니가타』가 아닌 『장편시집 니이가타』가 된 순간이다.

2014년 5월
옮긴이 씀

시인 김시종 金時鐘

1929년 함경남도 원산에서 태어나 제주도에서 자랐다. 1948년 4·3항쟁에 참여해 이듬해인 1949년 일본으로 밀항해, 1950년 무렵부터 본격적으로 일본어시를 쓰기 시작했다. 재일조선인들이 모여 사는 오사카 이쿠노(生野)에서 생활하며 문화 및 교육 활동에 적극적으로 참여했다. 1953년에는 서클지 『진달래(チンダレ)』를 창간했고, 1959년에는 양석일, 정인 등과 『카리온(カリオン)』을 창간했다. 1966년부터 '오사카문학학교' 강사 생활을 시작했다. 1983년 기념비적인 시집인 『광주시편(光州詩片)』을 출판했다. 1986년 『'재일'의 틈에서(「在日」のはざまで)』로 제40회 마이니치 출판문화상, 1992년 『원야의 시(原野の詩)』로 오구마 히데오 상(小熊秀雄賞) 특별상, 2011년 『잃어버린 계절』로 제41회 다카미 준 상(高見順賞)을 수상했다. 1998년 김대중 정부의 특별조치로 1949년 5월 이후 처음으로 제주도를 찾았다.

시집으로는 『지평선(地平線)』(1955), 『일본풍토기(日本風土記)』(1957), 『장편시집 니이가타(長篇詩集 新潟)』(1970), 『이카이노시집(猪飼野詩集)』(1978), 『화석의 여름(化石の夏)』(1999), 『경계의 시(境界の詩)』(2005), 『재역 조선시집(再訳 朝鮮詩集)』(2007), 『잃어버린 계절(失くした季節)』(2010) 등이 있다.

옮긴이 곽형덕 kwak202@gmail.com

카이스트 인문사회과학연구소 연구조교수.

수리산에 에워싸인 경기도 군포시 대야미동에서 태어나 자랐다. 2004년 유학길에 올라 어학원 및 연구생 과정을 거쳐, 와세다대학대학원 문학연구과 석박사, 컬럼비아대학대학원 동아시아학과 석사 학위를 취득했다. 2014년 2월 『김사량 일본어소설기연구』로 박사학위를 받았다. '일본어문학' 연구, 그중에서도 김사량 및 재일조선인문학, 오키나와문학 및 전쟁문학 연구에 매진 중이다. 주요 편역서로는 다카하시 토시오 『아무도 들려주지 않았던 일본현대문학—전쟁·호러·투쟁』(글누림, 2014), 마타요시 에이키 『긴네무 집』(글누림, 2014), 『김사량, 작품과 연구』(총 4권, 역락, 2008~2014) 등이 있다. 현재 박사논문 출간 작업을 시작으로 오키나와문학 및 일본문학 관련 책을 다수 작업 중에 있다. 한국(조선)문학 혹은 일본문학이라는 전공의 틀에 구애받지 않고 일본근현대문학 가운데 '마이너문학'을 아시아문학 그리고 세계문학 속에서 재조명해 현재적 의미로 되살려 내는 시도를 하고 있다.